KB004554

두둥실 천국 같은

Original Japanese title: PUKA PUKA TENGOKU
© 2020 Ito Ogawa
illust : Yoshino
Original Japanese edition published by Gentosha Inc.
Korean translation rights arranged with Gentosha Inc.
through The English Agency (Japan) Ltd. and Danny Hong Agency
Korean translation rights © 2022 by Doublebook

둥둥실 천국 같은

오가와 이토小川 糸 · 이지수 옮김

더블북

목
차

일양내복

一陽來復

　엄마 몸에서 암이 발견된 것은 일 년쯤 전이었다. 그때 아버지도 가벼운 치매를 앓고 있었다.

　부모님에게 엄청나게 큰 문제가 있어서, 그전까지 몇 년 동안 나는 거의 연락을 하지 않고 지냈다.

　정말 괴로웠지만 그럴 수밖에 없는 상황이었다.

　부모님도 어떻게든 당신들 힘으로 살아가고 있었다. 하지만 암과 치매에 걸려 그 생활을 유지하기 어려워졌다.

　엄마는 자식에게 폭력을 행사하는 사람이었다.

나는 얼마 전까지도 엄마한테 쫓기는 악몽에 시달렸다.

어린 시절, 엄마는 나를 쫓아와 막다른 곳에 몰아넣고 손찌검을 했다.

그때의 공포가 몸과 마음 깊은 곳에 새겨져 지금까지 떨쳐낼 수 없다.

슬픈 점은 그런 일을 당해도 아이는 부모를 좋아한다는 것이다.

얻어맞는 건 내가 잘못해서라고 생각했다.

초등학교 때 매일 일기를 써서 학교에 가져가면 그걸 선생님이 읽고 코멘트를 해줬다.

하지만 "오늘도 엄마한테 맞았습니다"라는 글 따위를 쓸 수 있을 리 없었다.

쓸 수 있는 게 없어서, 나는 일상에서 일어나는 일이 아니라 이야기나 시를 썼다. 뜻밖에도 선생님이 그걸 읽고 칭찬해주셨다.

집 안에 반짝이는 이야기가 없었으므로 내가 직접 만들어내는 수밖에 없었다.

그것이 내 '쓰기'의 원점이 되었다.

엄마와는 정말로 여러 가지 일이 있었다.

많은 부분에서 엄마는 내 반면교사였지만, 그런 측면에

서는 무척 좋은 '선생님'이기도 했다.

엄마에게 배운 건 아주 많다.

좀 더 평범하게 차를 마시고, 함께 쇼핑을 하고, 여행을 가고 싶었는데…… 그런 생각을 했지만 이건 내가 신으로부터 부여받은 숙명이거니 한다.

엄마가 암에 걸려 몸이 약해지고 마음도 약해지자 비로소 나는 엄마를 애틋이 여기게 되었다.

엄마는 죽는 게 무섭다며 나에게 도와달라고 했다.

나는 어느 순간부터 마음을 바꿔 먹고 내가 이 사람의 부모라고 생각하게 되었다.

그러자 속에 맺힌 응어리가 쓱 풀어져 편안해졌다.

처음부터 엄마와 딸이 바뀌었다면 이 관계는 잘 풀렸을지도 모른다.

나는 삶에 끝이 있다는 데 감사한다.

불로불사 같은 건 딱 질색이다.

물론 사랑하는 사람과의 이별은 괴로운 일이지만.

내 경우 엄마 몸에서 암이 발견된 덕분에, 아슬아슬하긴 했으나 마지막에는 남들처럼 엄마의 죽음을 슬퍼할 수 있었다.

어제 관에 못을 박을 때 나는 오른쪽에서 힘껏 망치를

두둥실 천국 같은

내리쳤다.

그리고 화장을 기다리는 동안 카페에 갔다.

그 카페는 어머니날*이나 엄마 생신 때 내가 종종 용돈으로 케이크를 사서 선물했던 곳이었다.

카페가 생긴 지 33년이 되었다고 했다.

열 살 때 나는 엄마를 좋아했구나. 엄마를 기쁘게 하려고 열심이었구나.

그걸 깨달은 순간, 너무 슬퍼졌다.

그래도 맨 마지막에 "엄마 인생은 행복했어?"라고 물었더니 병석의 엄마가 생긋 웃어줬다.

나는 그로 인해 지금 엄청난 위안을 얻고 있다.

카페에서 와플과 밀크티를 먹고 장례식장으로 돌아오자 엄마는 뼛가루만 남아 있었다. 타다 남은 뼈를 주우며 이제는 엄마가 내게 고함을 칠 일도, 욕하거나 울며 매달릴 일도 없겠구나 싶었다.

죽어가는 뒷모습을 똑똑히 보여준 엄마에게 진심으로 감사한다.

그리고 파란만장한 인생, 고생하셨다고 전하고 싶다.

* 어머니 은혜에 감사하는 일본의 기념일로 5월 둘째 주 일요일.

새로운 내 인생이 시작된 건지도 모른다.

엄마도 분명 고통에서 해방되어 웃고 있겠지.

혹시라도 엄마가 다시 태어나 또 나와 만난다면, 그때는 서로 좀 봐주며 살고 싶다.

일양내복—陽來復.[*]

연말연시의 후지산은 아름다웠다.

---

[*] 음(陰)이 끝나고 양(陽)이 돌아온다는 뜻. 겨울이 가고 봄이 온다거나 궂은 일이 끝나고 좋은 일이 돌아온다는 뜻으로도 쓰인다.

아침. 맑고 푸른 하늘. 『작은 새여』[*]를 읽는다.

크리스마스에 담당 편집자에게 선물 받은 『작은 새여』
는 1978년 11월에 이와나미쇼텐에서 펴낸 그림책이다.

글은 마거릿 와이즈 브라운이 썼고, 그림은 레미 샤리
프, 번역은 요다 준이치가 맡았다.

[*] 한국에는 『잘 가, 작은 새』(마거릿 와이즈 브라운 글, 크리스티안 로빈슨 그림, 이
정훈 옮김, 북뱅크, 2017)라는 제목으로 출간되었다.

아주 얇은 그림책이라서 순식간에 다 볼 수 있다.

내용은 아이들이 죽은 새를 발견해서 땅에 구멍을 파고 그 새를 묻어준다는 것.

아이들 나름의 장례식이 그려져 있다.

이 책을 선물 받은 시기가 마침 엄마가 돌아가신 무렵이라서, 처음 읽었을 때는 갑자기 내가 책 속 '아이들'이되고 엄마는 '새'가 되는 바람에 눈물이 멈추지 않았다.

만약 그 타이밍에 만나지 않았다면 나에게 이 책은 평범한 그림책에 그쳤을 것이다.

하지만 지금은 아침에 일어났을 때나 잠깐 짬이 날 때이 그림책을 펼쳐보는 게 엄마를 향한 내 나름의 공양이되었다.

독경을 하거나 향을 피우는 것과 같다고 생각한다.

실은 얼른 잊어야 할 기억이겠지만, 이 그림책을 읽는습관이 든 뒤로 또다시 떠올리고 만 장면이 있다.

어린 시절, 집에서 새를 길렀다. 왕관앵무와 사랑앵무를 비롯해 많을 때는 대여섯 마리씩 되었던 것 같다.

언젠가 그 가운데 한 마리가 죽었다.

아침에 발견해서 엄마한테 말하자, 일하러 가는 길에동물 묘지가 있으니 거기에 묻어주겠다고 했다.

나는 그 새의 사체를 엄마한테 맡겼다.

그런데 오후에 학교에서 돌아와 평소에는 별로 열지 않던 바깥 쓰레기통을 봤더니, 그 죽은 새가 종이봉투에 담겨 버려져 있었다.

나를 위해서도, 엄마를 위해서도 얼른 잊고 싶은데 오히려 기억이 점점 선명해지니 곤란스럽다.

언젠가 엄마가 나를 낳아줬다는 사실 하나만으로 감사할 수 있는 사람이 되고 싶다.

『작은 새여』는 이렇게 끝난다.

"아이들은 새에 대해 잊고 말 때까지 매일 숲으로 가서 예쁜 꽃을 장식하고 노래를 불렀습니다."

'새에 대해 잊고 말 때까지'라는 대목이 다정해서 좋았다.

'영원히'가 아니라 '잊고 말 때까지'. 게다가 '잊을' 때가 아니라 '잊고 말' 때까지.

잊고 말아도 괜찮다며, 잊는 것을 용서해주는 데 위안을 얻었다.

그러고 보면 내 기억 속 야마가타의 겨울 하늘은 언제나 어두침침하게 흐려 있었다.

무거운 구름이 낮게 드리워져 컴컴했던 탓에 겨울에는 기분이 침울했다.

　하지만 이번 겨울 귀성했을 때는 겨울인데도 하늘이 맑았다.

　깜짝 놀랐다.

　올해가 특별한 건지, 아니면 내가 지낸 시절에도 사실은 맑은 하늘이 얼굴을 내밀고 있었던 건지 지금 와서는 확인할 길이 없지만.

　어쩌면 쓰레기통 속 새 사건도 내 착각일지 모른다.

　그렇다면 기쁠 텐데.

그러고 보니 여태 가가미비라키*도 하지 않았다.

냉장고에서는 연말에 내가 허겁지겁 만든 배추절임이 그대로 나왔고, 주문해뒀던 고부마키**도 어제 겨우 먹었다.

---

* 가가미모치(신에게 바치기 위해 설날에 차려놓는 떡)를 나무망치로 쪼개서 먹는 일본의 신년 행사.

** 생선 등을 다시마로 말아서 조려 먹는 일본의 설음식.

설날에 장식했던 납매*는 눈 깜짝할 사이에 피어 지금은 이미 시들기 시작한 꽃만 조금 남아 있다.

많은 일을 겪은 탓에 아직도 머리가 멍하다.

어제는 오랜만에 반려견 유리네를 산책시키는 김에 상점가에서 쇼핑을 했다.

이런 기분으로 쇼핑을 한 것은 무척 오랜만인 듯하다.

정육점에서 돈을 낼 때 지갑 속을 뒤집다가 5엔짜리 동전이 길가 도랑에 빠졌는데, 점원이 "나중에 제가 주울게요" 하며 잔돈에 5엔을 더해서 줬다.

채소가게에서는 유리네**(채소)를 두 개 샀는데, 한 개밖에 계산이 안 된 것을 깨닫고 아저씨께 알려드리자 내 발치에 있는 유리네(개)를 보며 싱글벙글 웃으셨다.

이런 소소한 일상이 정말 감사하다.

오늘은 오카즈 가족과 신년회를 한다.

소라마메(개)도 온다.

---

* 음력 섣달에 꽃을 피우는 매화로, 설중사우(겨울에도 즐길 수 있는 네 가지 꽃) 중 하나.
** 백합속 식물의 알뿌리를 뜻하는 일본어. 보통 식용으로 주로 쓰는 참나리와 산나리의 알뿌리를 말한다.

그래서 오후 내내 요리를 만들고 있다.

오늘의 메뉴는 대강 이렇다.

연근과 곶감 초무침

겨울 채소(당근, 순무, 유리네) 수프

얇은 두부와 도톰한 두부 튀김 조림

크로켓

유리네 뇨키

디저트는 귤과 마들렌

나는 요리를 즐기고 손님 접대도 무척 좋아하지만 엄마한테는 한 번도 제대로 요리를 해드리지 못했다.

부분적으로 디저트나 반찬을 만들어 보낸 적은 있지만.

한 번이라도 좋으니 제대로 요리를 해서 대접하고 싶었다.

그래서 오늘 메뉴는 '만약 엄마한테 차려드린다면' 하는 상상을 바탕으로 짰다.

나한테는 전부 눈 감고도 만들 수 있을 만큼 익숙한 음식이다.

겨울 채소 수프가 아주 예쁘게 완성되어서 기쁘다.

당근 한 개를 통째로 넣었으니 이런 따뜻한 색깔이 나온 거겠지.

유리네만으로 만들면 약간 걸쭉하고 지나치게 달착지근한 수프가 되지만, 조미료 삼아 넣으면 맛이 목화솜처럼 부드러워진다.

순무는 어제 채소가게에서 너무나 싱싱하고 맛있어 보이는 것이 있어 무심코 사버렸다.

오늘 요리는 틀림없이 전부 맛있을 것이다.

이럴 때는 결과를 보지 않아도 대체로 도중에 알 수 있다.

그나저나 트럼프 대통령, 괜찮은 걸까.

요전에 기자회견 하는 모습을 보고는 정말로 기분이 침울해졌다.

지금까지도 괴로웠지만 앞으로 경제적 가치가 더욱 우선시되어 만사가 비즈니스로 변해갈 테니 솔직히 두렵다.

"경제 효과를 위해서라면 전쟁도 괜찮잖아요?"라는 식이 될 수도 있다.

일본 재계의 잘나신 분들이 아양 떠는 표정으로 "트럼프 효과를 기대합니다"라는 둥 태연하게 말하는 모습에 경악했다.

사람이 사람으로서 분수를 지키며, 사람답게 명랑하게

살아갈 수 있다면 그걸로 족하지 않을까 싶은데.

모쪼록 2017년 한 해가 평화롭기를.

올해야 말로!

신년회, 무사 종료.

맛있고 즐겁고 쾌활한 시간이었다.

신년회 때 히데하루 씨에게 또 한 번 도톰한 달걀말이 실연을 부탁했다.

전에도 우리 집에서 만드는 모습을 보여줬지만, 한 번으로는 요령을 파악하지 못해 제대로 해낼 수 없었다.

사실 난 달걀말이가 제일 어렵다.

아무리 해도 머릿속 모양대로 나오지 않는다.

두둥실 천국 같은

그래서 다시 한번, 이번에는 확실하게 영상으로 남겨두려고 요청한 것이다.

우선은 시범을 보여달라고 했다.

이어, 내가 선생님 앞에서 실제로 만들어봤다.

꽤 그럴싸하게 만들어져서 입꼬리가 올라갔다.

하지만 선생님이 옆에 딱 붙어서 가르쳐줬기 때문에 성공했을 가능성이 크다.

어쨌거나 달걀말이는 숙련이 중요하니까, 몸이 기억할 때까지 반복해서 만드는 수밖에 없다.

그래서 오늘 저녁도 우리 집 메뉴는 달걀말이다.

엄마가 만들어준 요리 중 가장 자주 생각나는 게 달걀말이다.

거의 매일 도시락에 들어 있었다.

달달하고 폭신폭신하고 식어도 맛있었다. 가끔 다진 양파 같은 것도 들어 있었던가.

어른이 된 뒤로 아무리 흉내 내어 만들려고 해도 엄마의 달걀말이와는 상대가 되지 않았다.

엄마는 요리 솜씨가 뛰어난 편은 아니었지만 달걀말이는 정말 잘 만들었다.

언젠가 만드는 법을 제대로 배워야지, 했는데 결국 묻지 못하는 사이에 돌아가시고 말았다.

2014년 일기 교정지를 봤더니 그때도 새해 목표인지 뭔지에 달걀말이를 잘 만들고 싶다고 쓰여 있었다.

그래서 "올해야말로!" 하며 의지를 불태우고 있다.

크로켓은 잘 튀겨졌지만 유리네 뇨키는 그저 그랬다.

아마 유리네 자체가 달랐을 것이다.

작년에 배송받은 물건은 홋카이도의 니세코에서 재배한 최고급 유리네였을 터다.

분명 똑같이 만들었는데도 작년과 같은, 우주까지 날아갈 듯한 감동은 맛보지 못해 아쉽다.

뭐, 그럭저럭 맛있긴 했지만.

신년회 이후로 소라마메를 돌봐주고 있어서 지금 우리 집에는 개가 두 마리 있다.

소라마메는 올해로 벌써 열네 살이지만 무척 건강하다.

소라마메와 유리네를 보고 있자면 할머니와 손주 같아서 훈훈하다.

개가 두 마리 있다니, 행복하구나.

『트리 하우스』* 취재차 출산에 관해 조사할 때, 여성은 아이를 낳으면 몸이 리셋된다는 속설이 사실로 드러난 상황을 몇 번 목격했다.

실제로 출산 경험이 있는 지인도 같은 말을 했다.

그전까지 가지고 있던 질병 등 나쁜 것이 아이에게 가기 때문에, 출산하면 산모가 건강해진다는 뜻이었다.

* 권남희 옮김, 북스토리, 2013.

어머니는 그로써 몸이 리셋되지만 그걸 물려받은 아이는 어떻게 되는 걸까, 나는 내내 궁금했다.

그 메커니즘을 최근 겨우 깨달은 것 같다.

어머니로부터 물려받은 나쁜 것은 어머니가 죽을 때 해소되는 건지도 모른다.

나는 이제까지 쭉, 어머니와 자식은 탯줄이 끊어진 순간부터 각자의 인생을 걷는 거라고 생각해왔다.

분명 그런 면도 있다.

하지만 실제 탯줄이 끊어진 뒤에도 사실은 눈에 보이지 않는 투명한 탯줄로 이어져 있고, 그것이 마침내 끊어지는 건 어머니의 임종 때가 아닐까 싶다.

물론 전부 내 느낌일 뿐이지만.

결과적으로 엄마와 마지막 작별을 하고 병원에서 나온 뒤, 나는 갑자기 목 상태가 이상해졌다.

그리고 신칸센을 타려고 역에 갔을 때 불현듯 아이스크림이 먹고 싶어 견딜 수가 없었다.

내가 먹고 싶다기보다 내 몸이 무턱대고 원하는 느낌이었다.

그래서 역 매점에서 라프랑스*맛 아이스크림을 샀다. 평소라면 절대로 사지 않는 종류의 아이스크림이었다.

결국 산 것이 아무래도 내 입맛에 안 맞아서 먹지 못했지만.

내가 아니라 분명 엄마가 원했을 것이다. 그때 엄마는 상당히 목이 말랐던 게 아닐까.

그 생각은 확신에 가깝다.

그때의 느낌은 아마 입덧과 비슷하지 않을까 싶다.

임신부도 종종 보통 때는 절대로 먹지 않는 음식이 갑자기 먹고 싶어 충동을 억누를 수 없다고 한다.

당시 나도 그랬다.

'낳을' 때와 '죽을' 때는 사람이 평소라면 생각지도 못할 힘이 발휘돼 초현실적인 일이 일어나는 것 같다.

엄마가 돌아가시기 전후에도 몇 가지 신기한 일이 있었다.

나는 엄마의 죽음을 경계로 내가 지금 인생 최대의 디톡스를 하고 있다고밖에 생각할 수 없다.

눈에 보이는 것, 보이지 않는 것, 몸 밖에 있는 것, 안에 있는 것.

* 서양 배의 한 품종.

여하튼 나 자신에게 필요한지 아닌지가 아주 명료하게 보여서, 필요치 않다고 여겨지는 것은 미련 없이 내려놓을 수 있었다.

내 안에 마지막까지 들러붙어 있던 독기가 엄마의 죽음으로 인해 쏙 빠져나가는 것을 느낀다.

투명한 탯줄이 완전히 끊어져서 두둥실 하늘을 떠도는 느낌이다.

물론 부모를 잃는 건 슬픈 일이지만, 인생을 리셋할 좋은 기회인지도 모른다.

나는 그렇게 생각한다.

엄마가 돌아가시고 며칠 뒤, 나에게 아주 기쁜 소식이 들려왔다.

『츠바키 문구점』*이 2017년 서점대상 후보에 오른 것이다.

꺄아아아아!!

순수하게 기뻐하는 내가 있다.

작년 연말부터 내게 많은 일이 일어나서, 때로는 역풍에 쓰러질 뻔하고 또 때로는 순풍이 불어오는 등 지금은 눈이 돌아갈 만큼 바쁘다.

* 권남희 옮김, 위즈덤하우스, 2017.

두둥실 천국 같은

명백하게 인생의 전환기를 맞이하는 기분이다.

　글쓰기는 엄마가 나에게 선사한 가장 큰 선물이므로 앞으로도 그것을 소중히 여기며 살아가고 싶다고, 수상 후보 공지를 들었을 때 새삼 생각했다.

　엄마도 틀림없이 기뻐하고 계시겠지.

　엄마가 돌아가신 뒤로 나는 훨씬 더, 엄마를 친근하게 느낀다.

좀 지난 이야기이긴 한데, 올해 설날에 적잖이 실망한 일이 있다.

내가 사는 아파트에는 매년 연말이면 근사한 가도마쓰* 가 놓이고는 했다.

정면 현관과 안쪽 보조 출입구 두 군데에 모두 네 개의 가도마쓰가 장식되었다.

* 일본에서 새해에 문 앞에 세워두는 소나무 장식.

두둥실 천국 같은

그것을 보면 언제나 '아, 새로운 한 해를 맞이하는구나.' 하는 기대가 차올라 마음이 무척 상쾌해졌다.

그런데 올해는 가도마쓰가 없었다.

대신 팔랑팔랑한 가도마쓰 그림 포스터가 붙어 있었다.

어찌나 허접하던지, 여태껏 실물 가도마쓰가 얼마나 새해의 기운을 느끼게 해줬는지를 깨달았다.

택시 기사도 매년 놓이는 가도마쓰를 기대한 듯 올해는 없어서 아쉬웠다고 한다.

아무래도 주민 가운데 반대하는 사람이 있어서 없어진 듯하다.

한데 정작 없어진 이유를 듣고 깜짝 놀랐다.

나는 틀림없이 금전적인 이유일 거라고 생각했는데, 그렇지도 않은 모양이다.

"가도마쓰를 둘 거면 차라리 크리스마스트리를 둬라" 라는 둥 "종교를 강요하지 마라"라는 둥 뭐랄까, 터무니없는 불만이다.

세대 수가 많은 만큼 의견을 하나로 모으기도 힘들겠지.

나로서는 한 가구당 고작 몇백 엔의 부담으로 기분 좋게 새해를 맞이할 수 있으니 가도마쓰를 두는 풍습은 이어나갔으면 하지만.

이런 사람, 저런 사람이 있구나.

그렇게 생각했는데, 세상에는 제야의 종소리나 불조심* 소리가 시끄럽다며 불평하는 사람도 있다고 한다.

일 년 내내 하는 것도 아니고, 제야의 종도, 불조심도 예로부터 이어져 내려온 일본의 아주 바람직한 풍습이 아닌가 싶지만.

어린이집이나 유치원의 소음 문제라면 찬반양론이 있겠지만, 제야의 종과 불조심은 그거랑 좀 다르지 않나? 이렇게 생각하는 내가 비뚤어진 걸까.

참, 나 원.

가도마쓰와 제야의 종과 불조심은 분명 일본의 아름다운 전통문화인데, 그런 것을 배제해버리면 일본만의 고유성이 점점 사라져 얄팍한 나라가 되고 만다.

'참, 나 원'은 세계의 빈부 격차에 대해서도 마찬가지다.

세상에서 가장 부유한 사람 상위 여덟 명의 자산이 아래에서부터 절반, 즉 약 36억 명의 자산 합계와 같다니 이는 명백하게 잘못됐다.

---

* 일본에서는 연말 밤에 자원봉사자들이 딱딱이를 치면서 "불조심!"이라고 외치며 돌아다니는 풍습이 있다.

그렇다면 상위 여덟 명의 돈을 전 세계의 하위 절반에게 나눠주면 되지 않나, 나는 그렇게 생각하는데.

한 사람이 터무니없이 많은 돈을 가지고 있어봤자 다 쓰지도 못할 테고, 천국에 싸 들고 갈 수도 없다.

아무리 돈이 많다 해도 음식이 없으면 돈을 입에 문다고 해서 굶주림이 가실 리도 없다.

자신이 죽을 때 돈을 태워서 화장할 속셈이라도 있는 걸까.

가령 상한액을 1조 엔 정도로 하고 그 이상의 금액은 개인이 소유하지 못하도록 한다거나, 뭔가 방법이 있지 않을까?

1조 엔이라 해도 막대한 돈이다.

혼자 그렇게 돈을 그러모아 어쩔 셈인가.

어제는 오랜만에 양배추 롤을 만들었다.

내 남편 펭귄이 "요즘 양배추 롤을 안 먹었지⋯⋯"라고 한탄 조로 말했기 때문이다.

그리고 오늘은 어제 먹다 남은 양배추 롤을 잘게 부순 다음 토마토소스를 섞어서 스파게티를 만들었다.

모처럼 고생해서 모양을 잡은 양배추 롤을 뭉개자니 속

이 쓰렸지만 약간은 쾌감이 느껴졌다.

　내년에는 가도마쓰를 다시 장식했으면 좋겠는데.

　나는 소수파니까 아마 이대로 포스터로 끝날지도.

얼마 전에 있었던 일.

오후가 되어 낮잠 침대에서 쪽잠을 잘 때였다.

충전 중이던 로봇청소기가 갑자기 말했다.

"유령 에러입니다!"

화들짝 놀라서 벌떡 일어난 나.

드디어 나타났나, 하며 경계했지만, 곧바로 '충전 에러'를 잘못 들었다는 것을 깨달았다.

설마하니 로봇청소기에 '유령 에러'라는 단어가 입력되

어 있다고도 생각할 수 없지만, 잠에 취했었던 탓에 완전히 진짜라고 믿어버렸다.

단, 우리 집 로봇청소기는 전에도 한밤중에 두 번 정도 갑자기 청소를 시작한 적이 있으니 빙의가 체질인지도 모른다.

착각이라서 안심했다.

사람이 죽을 때면 뭔가 평소에는 일어나지 않는 일이 일어나는 법이다.

그래서 나도 내심 조금 기대하고 있었다.

하지만 꽃병이 깨지거나 펜이 공중에 뜨는 것과 같은 알기 쉬운 형태의 괴기 현상은 일어나지 않았다.

있었던 일이라 하면 엄마가 돌아가시기 며칠 전, 펭귄이 한밤중에 자신을 부르는 장모의 목소리를 또렷하게 들은 것.

이건 어떻게 된 일인지 대충 알 것 같다.

펭귄은 아줌마 킬러라서 엄마도 펭귄을 좋아하고 늘 예뻐했다.

그래서 병석의 엄마가 괴로워할 때 마음속으로 부른 소리가 어째서인지 펭귄에게는 들린 것인지도 모른다.

또렷한 소리로 자기를 분명히 불렀다고 하니 펭귄이 헛

들은 것은 아닐 터다.

또 다른 일로는 엄마가 돌아가시고 며칠 뒤, 내가 자고 있을 때 문득 이마가 아주 따뜻해진 적이 있다.

뭔가 따뜻한 공기가 질금질금 닿는 느낌.

나한테서 나는 열이 아니라 반대편에서 오는 열이었다.

'아, 지금 분명 엄마가 와 있어'라고 생각했다. 하나도 무섭지 않았다.

가족의 영혼이란 대체로 그렇지 않을까.

유령 에러 사건이 있었던 다음 날인가, 다음다음 날인가.

아침에 원고를 쓰는데 유리네가 갑자기 짖었다.

유리네는 일단 사람에게도 개에게도 짖는 법이 없다.

게다가 자다 말고 난데없이 현관을 향해, 평소에는 들어본 적이 없는 소리로 짖는 것이었다.

"엄마, 거기 있어?"

순간적으로 말을 걸었지만, 당연히 대답은 없었다.

그전까지 쭉, 나는 엄마에게 소리를 내어 말을 걸어왔다.

하지만 그때는 어쩐지 엄마가 작별을 고하러 온 듯한 느낌이 또렷이 들었다.

그날 오후 나는 메일함 정리에 힘을 쏟았다.

지금 내 테마는 '디톡스 앤드 리셋'.

여하튼 이 타이밍에 인생을 가뿐하게 만들어두려 한다.

메일함도 폴더니 뭐니 해서 용량이 꽤 늘어난 탓에 무거운 엉덩이를 겨우 움직여 정리정돈을 결심한 것이다.

상당 기간 열어보지 않았던 '보물' 폴더를 열자 무려 10년쯤 전에 엄마가 보낸 메일이 잔뜩 나왔다.

세어보니 백 통 정도 되었다.

그런 메일을 그런 폴더에 넣어뒀던 것 자체를 까먹고 있었다.

게다가 엄마의 메일은 마치 처음 읽는 듯한 느낌이었다.

아마 전에는 내 생활과 잡무에 쫓겨 제대로 읽어보지 않았던 거겠지.

하지만 메일을 보냈을 때의 엄마는 정신적으로 무척 안정되어 있어서, 내가 생각했던 엄마와는 전혀 다른 사람이었다.

10년 전에는 이렇게 온화한 엄마가 있었다는 데 신선한 놀라움을 느끼며, 그 상냥함을 알아차리지 못했던 것이 후회되었다.

어쩌면 엄마는 그날 아침, '이렇게 관계가 좋았던 적도 있으니 잘 떠올려보렴.' 하고 전하러 온 건지도 모른다.

그 뒤의 너무나 힘들었던 일들이 뇌리에 깊이 박혀 그

전의 엄마를 완전히 잊고 있었다.

그 메일을 '보물' 폴더에 빈틈없이 넣어뒀던 10년 전의 나를 칭찬해주고 싶다.

아마도 엄마는 이제 내 주위에는 없는 것 같다.

나한테는 질풍노도 같은 한 달이었다.

지금 내가 가장 하고 싶은 건 액막이 콩 뿌리기다. 온 힘을 다해 "귀신은 밖으로! 복은 안으로!"라고 큰 소리로 외치며 콩을 팍팍 뿌리고 싶다.

하지만 볶은 콩은 유리네가 매우 좋아하는 음식이니 콩을 뿌렸다가는 끝도 없이 먹을 것이다.

어린 시절에는 매년 콩 뿌리기를 했는데, 그러고 보니 펭귄과 함께 산 뒤로 한 번도 하지 않았다.

언젠가 콩 뿌리기도 안 하게 되는 걸까.

외국 사람들이 보면 상당히 재미있을 풍습이지 싶은데.

간식이 다 떨어져서 방금 달콤 짭짤한 견과류 과자를 만들었다.

생 견과류와 메이플 시럽이 있으면 간단히 만들 수 있다.

이번에 넣은 건 아몬드와 캐슈너트, 호두, 피칸.

바삭바삭 딱 알맞게 완성되었다.

　　녹화해뒀던 반달가슴곰에 관한 텔레비전 프로그램을 봤는데 재밌었다.

　　암컷 반달가슴곰은 굴속에 틀어박혀 겨울잠을 자는 동안 새끼를 낳는다고 한다.

　　그리고 초봄이 되면 갓 태어난 새끼 곰과 함께 굴 밖으로 얼굴을 내민다.

　　털썩 주저앉아 새끼 곰에게 젖을 먹이거나 놀이 상대가 되어준다. 보기만 해도 훈훈하다.

두둥실 천국 같은
〰〰〰〰〰〰〰

하지만 새끼 곰들에게는 수많은 위험이 기다리고 있다.

그중에서도 가장 위험한 것은 (아빠 곰이 아닌) 수컷 반달가슴곰이 목숨을 노리는 것. '영아 살해infanticide'라고 한다.

그 이유를 듣고 깜짝 놀랐다.

새끼를 데리고 있는 암컷은 젖을 먹이기 때문에 그 기간에는 발정하지 않는다.

그래서 수컷은 목표한 암컷과 교미해 자신의 자손을 남기기 위해서 암컷이 데리고 있는 새끼의 목숨을 빼앗는다나.

방송에 나온 암컷 곰은 2년 연속으로 새끼 곰의 목숨을 수컷 반달가슴곰에게 빼앗겼다.

그 어미 곰의 심정을 생각하면 견딜 수 없어진다.

무엇을 위해 새끼를 낳고 기르는 걸까.

같은 현상을 인간에게 적용해보면 엄청난 일이라는 것을 알 수 있다.

옛날 옛적에는 인간에게도 그런 본능이 있었던 걸까?

인간도 원래 그랬지만, 양심을 조금씩 조금씩 쌓아서 간신히 다른 동물과 달리 이성 있는 존재가 된 건지도 모른다.

자유나 평등도 인간이 애쓰고 노력해서 길러온 것.

그걸 때려 부수고 있는 사람이 지금의 미국 대통령이다.

하는 행동과 말이 너무도 치졸해서 한심하게 느껴질 정

도다.

한 인간에 의해 전 세계가 부정적인 세상으로 휩쓸려가는 듯해서 정말로 무섭다.

뉴스를 볼 때마다 구역질이 나온다.

그런 걸 생각하며 매일 울적해했는데, 오늘 신문에 이런 기사가 났다.

미국 캘리포니아주에서 발견된 신종 나방에 캐나다 학자가 '네오팔파 도널드트럼피Neopalpa Donaldtrumpi'라는 이름을 붙였다고 한다.

대통령의 그 덥수룩한 금발과 나방의 노란색 비늘이 닮았다나.

나란히 놓인 두 사진은 확실히 서로 쏙 빼닮아서 웃음이 난다.

그게 나방이라니까요, 나방.

뭐, 그런 이름이 붙게 된 나방도 불쌍하지만.

잘했다!

이런 것이라도 없으면 혐오감이 몸속에서 불어나 터무니없는 일이 벌어진다.

캐나다 학자에게 박수를.

그나저나 그런 대통령령슈으로 정말 테러를 막을 수 있

다고 생각하는 걸까?

자국민을 지킬 수 있다고 생각하는 걸까?

내 생각엔 테러 위협이 틀림없이 훨씬 더 커질 것 같은데.

그리고 그 대통령령을, 미국 국민의 거의 절반이 지지하고 있다는 조사 결과에도 깜짝 놀랐다.

아이가 부모를 고르지 못하듯 태어나는 나라도 고를 수 없다.

난민이 되고 싶어서 되는 사람은 아무도 없는데.

어쩌면 자기가 그런 나라에서 태어날 수도 있었다고는 생각하지 않는 걸까.

이대로라면 인간으로서의 브레이크가 걸리지 않게 된다.

모처럼 인간으로서 노력을 거듭해 쌓아온 것이 허사가 된다.

매우 슬픈 일이다.

내일은 세쓰분*이니 도널드트럼피 탈이라도 만들어볼까?

---

* 일본에서 입춘 전날을 가리키는 말. 이날 가정에서는 "악귀는 밖으로, 복은 안으로"라고 외치며 콩을 뿌리고 그 콩을 자신의 나이만큼 주워 먹는데, 이때 아버지 등이 탈을 쓰고 악귀 역할을 하기도 한다.

바다에 가기 좋은 날

지금, 걸어서 1, 2분이면 바다에 닿는 곳에 있다.

지난번에는 산 쪽에 묵었으니 이번에는 바다 쪽에서. 임시 가마쿠라살이 말이다.

바다와 산, 둘 다 있다니 가마쿠라는 얼마나 풍요로운 고장인지.

기분 탓일 수도 있지만, 바다 쪽과 산 쪽은 하늘 색깔이 다른 것 같다.

바다 근처는 결코 바다가 보이지 않아도 "바다가 가깝

두둥실 천국 같은

습니다." 하고 알려주는 느낌이다.

저녁에 바다까지 산책을 갔더니 이렇게 추운데도 서퍼들이 흥겹게 파도를 타고 있었다.

먼바다에 둥실둥실 떠서 좋은 파도가 오기를 기다린다.

파도는 이얍, 하고 기합을 넣어 김밥을 마는 것처럼 돌돌 감기며 다가온다.

그 위로 서퍼가 일어서서 균형을 잡는다.

기분 좋을 것 같다.

한 번 쾌감을 느끼면 그만둘 수 없겠지.

언젠가 나도 서핑에 푹 빠지게 될까, 하고 생각했더니 우스웠다.

하지만 인생에서 무슨 일이 일어날지 모르니까 절대 그럴 리 없다고는 단언할 수 없다.

'절대'란 없다는 걸 이 나이가 되면 안다.

그래, 절대는 없다.

절대 옳다거나, 절대 틀렸다거나.

그래서 너무나 어렵다.

모래사장에서 교복을 입은 남학생들이 모래를 모은 양동이를 거꾸로 엎고 있었다.

그 모래 산이 여기저기 아무렇게나 잔뜩 늘어서 있기에

그야말로 무슨 예술 작품이라도 만드나 했더니, 그들은 그저 계단이나 도로에 튄 모래를 삽으로 긁어모아 다시 모래사장으로 되돌려놓고 있는 것이었다.

대견하네.

중학생 때 교문 앞의 눈을 비질하는 봉사 활동이 있었는데 그와 비슷한 행동인지도 모른다.

그 근처에서는 절대 어리지 않은 십 대 젊은이들이 남녀가 어우러져 '우리 집에 왜 왔니'를 하며 놀고 있었다.

그리고 해변에는 개들이 무척 많이 와 있었다.

이번에 유리네는 펭귄과 도쿄에서 집을 지키고 있어서 개를 볼 때마다 유리네가 그리워진다.

가마쿠라에 올 때마다 느끼지만 이곳의 개는 행복하다.

산 쪽은 이제 제법 잘 알지만, 바다 쪽은 초심자라서 일단 어림짐작으로 골목길을 돌아다녔다.

에노덴 철길 바로 옆에 집이 서 있고, 사람과 개와 고양이밖에 못 지나갈 듯한 좁은 골목이 아주 많다.

걷기만 해도 즐거워진다.

산책을 마치고 다시 한번 바다로 가자, 하늘이 완전히 연분홍빛으로 물들어 있었다.

아, 예쁘다.

다음에는 밤에 별을 보러 가야지.

오늘은 기노쿠니야 주차장 앞에 생긴 새로운 옥시모론*
에서 카레를 먹었다.

창가 카운터 석에 앉아 식후 커피를 마시고 있을 때, 옆
자리에 50대쯤으로 보이는 분위기 있는 여성이 앉았다.

처음에는 그저 그뿐이었지만 도중에 작은 해프닝이 일
어났다. 아무래도 여성이 먹기 시작한 카레와 주문한 카

---

* 일본의 카레 체인점.

레가 달랐던 모양이다.

여성은 이미 이것을 먹기 시작했으니 그대로 둬도 된다고 말했지만 식당 측에서는 "아니요, 벌써 새로 만들고 있어요"라고 해서 입씨름이 이어졌다.

확실히 카레가 여성 앞으로 깜짝 놀랄 만큼 빨리 나왔기 때문에 나도 이상하다고는 생각했다.

결국 식당 측 주장이 이겨서, 옆자리 여성은 두 종류의 카레를 비교하며 먹게 되었다.

그 입씨름이 일단락되었을 때, 너무도 재밌어서 여성에게 말을 걸었더니 그쪽에서도 나에게 관심을 보였다.

어찌 된 일인지 여성은 나를 보고 가게로 따라 들어왔다고 한다.

"건너편에서 보고 있었는데, 너무 멋지셔서 저도 그만 여기로 들어왔어요." 하는 것이다.

그때 나는 위아래로 곰 같은 차림새였다. 가까이에서는 멋지게 보일 일이 없지만 그래도 왠지 기뻤다.

그 뒤 여성과 잡담으로 잠시 이야기꽃을 피웠다.

이 작은 교류가 가마쿠라답다.

도쿄라면 거의 있을 수 없는 일이다.

그리고 지나치게 친한 척하지 않는 것 역시 가마쿠라다.

이 산뜻한 느낌이 나는 너무 좋다.

베를린 사람들의 느낌과도 비슷하다.

카레를 먹은 후 나는 산 쪽을 탐험하러 갔다.

중간부터 산길을 터벅터벅 걸었다.

날씨가 맑아서 기분 좋았다.

버켄스탁 슬립온을 신고 있었던 탓에 넘어질 것 같아서 무서웠지만.

그런 야트막한 산이라도 누군가와 스쳐 지날 때면 반드시 "안녕하세요." 하고 인사를 하는 것 또한 좋았다.

인사를 하고 말고의 경계선은 어디에 있는 걸까.

발밑이 흙인가, 아스팔트인가 하는 차이일까.

산에서 내려오는데 갑자기 사사삭, 소리가 나서 경계했더니 다람쥐였다.

그 순간 유리네가 보고 싶어졌다.

자세히 보니 다람쥐랑도 닮았네, 생각하며 다람쥐에게 "안녕" 하고 몇 번이나 말을 걸자 다람쥐가 똥을 싸며 다른 나무로 가버렸다.

아, 아쉽다.

다람쥐랑 이야기를 나누고 싶었는데.

두둥실 천국 같은

그길로 즈이센지瑞泉寺까지 갔다.

가마쿠라에는 절이 많지만 즈이센지는 그중에서도 내가 좋아하는 절이다.

마침 매화와 수선화, 삼지닥나무 꽃과 동백꽃이 피어 있어 꽃구경을 하기에는 최고였다.

지난번에는 여름에 왔지만 어쩌면 나는 겨울의 가마쿠라를 더 좋아하는지도 모른다.

참, 내 홈페이지 <이토 통신>에 쓴 일기가 또 문고본으로 나왔다!

이번 제목은 『개와 펭귄과 나』.

오랜만에 펭귄이 다시 제목에 등장했다.

펭귄은 은근히 기뻐하는 기색이었다.

하지만 역시 개가 먼저구나, 하고 한탄 조로 중얼거렸다.

보
름
달

뜨
는

밤
에

　어제는 오랜만에 날씨가 좋아서 '어른의 소풍'이라며 미사키항에 다녀왔다.

　전철을 갈아타다가 마지막에 미사키구치역에서 내려 버스를 타고 미사키항으로.

　'어차피 텅텅 비어 있겠지.' 하고 얕봤는데, 어제가 경축일인 데다 축제라도 했는지 버스는 정체에 휘말려 만원 전철처럼 혼잡했다.

　겨우 도착해서 가려던 식당에 갔지만 거기서도 사람들

두둥실 천국 같은

이 장사진을 치고 있었다.

하지만 모처럼 간 데다 맛있는 음식도 먹고 싶어서 차가운 바닷바람을 맞으며 그저 홀로 기다렸다.

1시간 가까이 줄을 선 끝에 드디어 안으로 들어갔다.

생선가게도 겸하고 있어서 탐나는 생선이 여러 마리 있었다.

'그래도 역시 미사키 하면 참치지.' 하고 생각하며 붉은 살 참치회를 주문했는데, 결과적으로 그게 패착이었다.

아니나 다를까, 회가 아직 얼어 있었다.

아, 어째서 말린 전갱이나 고등어 소금구이로 주문하지 않은 걸까. 나 자신의 선택을 저주하며 밥의 온기로 회를 데워 먹었다.

붉은 살은 제대로 해동되었다면 맛있었겠지만, 안쪽이 아직 얼어 있었던 탓에 서걱서걱해서 무슨 맛인지 잘 알 수 없었다.

밖에서 기다리는 동안 몸이 된통 얼었는데, 차가운 회를 먹으니 더욱 얼어붙었다.

"춥다, 추워." 하고 벌벌 떨면서 회를 입으로 가져갔다.

'미사키 하면 참치.' 하고 하나만 아는 바보처럼 주문한 내가 멍청이였다.

마음을 가다듬고 목표했던 카페로.

여기는 아주 좋았다.

2층 자리에 앉자 창문으로 항구가 한눈에 바라보였다.

딸기 타르트와 카페오레도 맛이 제대로였다.

책을 읽었더니 눈 깜짝할 사이에 시간이 흘러 4시가 되었다.

허둥지둥 숙소로 돌아와 따뜻한 옷으로 갈아입고 다시 길을 나섰다.

어제는 마침 보름날이었다.

지가사키에 보름달 뜨는 밤에만 문을 여는 가게가 있는데, 그곳에는 요리와 술이 있고 모닥불을 둘러싸고 달구경을 한단다.

논논이 자기 가게의 직원들과 함께 나를 그곳에 데려가 주기로 했다.

두꺼운 옷을 입고 간 게 정답이었다.

라멘과 교자로 배를 채운 다음 와인을 한 손에 들고 모닥불 쪽으로.

보름달이 아름다웠다.

게다가 모닥불 주변은 무척 따뜻했다.

달구경 하기에 최고였다.

시간이 지나자 불길도 안정되어 땅 위에서 잉걸불이 반짝반짝 빛났다.

동그란 모양으로 만들어서 새빨간 달님 같다.

작년에 갔던 라트비아의 하지 축제가 떠올랐다.

불은 어째서 보고 있기만 해도 이렇게 마음이 안정되는 걸까.

손님들은 대부분 자전거로 왔는데, 이런 가게가 동네에 있다니 부러워서 견딜 수 없다.

가마쿠라에는 개도 펭귄도 없어서 나는 완전히 독신 같은 기분을 만끽하고 있다.

2月
18日
} 복숭아꽃

나 홀로 가마쿠라살이를 마치고 도쿄로.

어제는 고로도 불러서 사람 둘과 동물 둘이 모두 모였다.

펭귄은 내가 없어 외로웠던 모양이다.

돌아와서 곧바로 히나 인형*을 장식했다.

꺼내는 것을 무심코 까먹는 해도 있어서 올해는 만반의

* 여자 어린이의 건강과 행복을 기원하며 매해 3월 3일에 치르는 일본의 전
  통 축제 히나마쓰리 때 단에 장식하는 인형.

두둥실 천국 같은

준비를 마쳤달까.

역시 내 히나 인형은 좋구나.

저녁에 각자 개를 한 마리씩 데리고 산책하는 길에 꽃집에 들러 복숭아꽃을 사 왔다.

500엔치고는 꽤 근사한 가지가 들어 있다.

이번에도 논논이 나를 여기저기 데려가 줬다.

논논과는 어머니와 딸만큼 나이 차이가 나지만(실제로 논논의 딸과 나는 동갑) 어엿한 친구 사이다.

여태까지 논논을 엄마처럼 느낀 적은 한 번도 없다.

서로 돌봐줄 때는 있어도 기본적으로 평등한 관계다.

나는 수는 적지만 정말 멋진 친구들에게 둘러싸여 있다.

그러니 손해 보는 인생은 아니라고 늘 생각한다.

솔직히 혈연 운은 없었지만 그만큼 혈연 외의 인연에서 엄청나게 운이 따르고 있다.

만약 엄마와의 불화가 없었다면 나는 이런 식으로 작가가 되지 않았을 것이다.

그러므로 분명 힘들긴 했어도 본전은 확실히 뽑고 있다.

논논과 해안 도로를 드라이브하며, 어쩌면 엄마도 실은 나와 이런 시간을 보내고 싶었을 거라는 생각에 눈물이 살짝 나려 했다.

지금은 기나긴 싸움을 끝내고 상대방의 분투를 서로 칭찬해주는 느낌이다.

　　설날을 정신없이 보낸 탓에 전혀 쉬지 못해서 나한테는 지금이 설 연휴 같다.

　　다음 주에는 논논과 2박 3일로 온천욕을 하러 간다.

　　아, 온천에 느긋하게 몸을 담그고 싶다.

　　그러고 보면 엄마가 돌아가시기 전에 마지막으로 한 말은 "얼른 여행 가자"였다.

　　엄마도 온천을 좋아했으니까.

　　엄마 몫까지 온천에서 몸과 마음의 휴식을 취하고 오자.

유리네는 어제 유치원을 졸업했다.

'개 유치원이라니, 과연 어떨까?' 하고 처음에는 반신반의했지만, 유리네의 경우 유치원에 간 게 정답이었다.

유치원이라고는 해도 뭐, 쉽게 말해 반려견 훈련 학교다.

생후 5개월쯤부터 다니기 시작했고, 지금은 벌써 두 살 반이 넘었으니 2년 남짓한 기간 동안 일주일에 한 번씩 간 셈이다.

유치원에 간 첫날은 다른 개에게 기가 눌려 꼬리를 내

리고 있었다. 하지만 두 번째 등원부터는 그곳 생활을 즐기게 되어 아침에 원장 선생님이 데리러 오면 정말로 꼬리가 떨어질세라, 붕붕 흔들면서 아주 좋아하며 나갔다.

유치원에 다니기 전과 다닌 후를 비교해보면 성격이 싹 바뀐 것 같다.

유리네는 유치원을 다닌 뒤로 굉장히 사교적으로 변했다. 개에게도 인간에게도 언제나 마음의 문이 열려 있다.

유리네를 데리고 산책을 하면 다른 개를 향해 짖는 개를 꽤 많이 본다.

또 인사하는 방법을 모르거나 노는 법을 모르는 개도 있다.

원래 성격 탓일 수도 있지만, 그건 아마 강아지 시절에 사회성을 익히지 못했기 때문일 것이다.

유리네에게도, 그리고 나에게도 유치원은 많은 배움의 기회를 선사해줬다.

매번 알림장에 그날 생활한 모습과 훈련한 내용 등을 자세히 적어주시고 사진과 동영상도 올려주신 트레이너 님께 진심으로 감사하고 있다.

요 2년 사이 유리네는 많은 것을 할 수 있게 되었다.

그나저나 애정에 한계가 없다는 사실을 가르쳐준 유리

네는 나에게 무엇과도 바꿀 수 없는 소중한 존재다.

사랑하고 사랑하고 사랑하고 또 사랑해서 어쩔 줄을 모르겠다.

유리네는 매일매일 펭귄과 나에게 기쁨과 행복을 안겨준다.

행복은 나날이 갱신된다.

내가 타자를 이렇게나 사랑할 수 있다는 사실을 예전에는 전혀 깨닫지 못했다.

유리네가 죽으면 나는 아마 아니, 틀림없이 펫로스를 겪을 것이다.

하지만 그것을 회피하기 위해 애정을 억제하기란 불가능하니, 이렇게 된 이상 그 부분을 각오하고 온몸으로 직접 벽에 부딪히는 수밖에 없다.

인간 자식은 부모에게서 독립해 품을 떠나지만, 반려동물은 수명이 다할 때까지 계속 함께한다.

열다섯 살 정도 되어서도 반려인과 느긋하게 산책하는 개를 보면, 나는 그만 "대견하기도 하지. 오래 살렴." 하고 말을 걸고 만다.

유리네는 내가 사는 세계를 확 넓혀줬다.

어제는 유리네의 졸업을 축하하기 위해 햄 스테이크를

구웠다.

평소 가게에서 아주 얇게 썰어 파는 맛있는 햄이 있는데, 펭귄은 그 햄을 꼭 두꺼운 채로 구워 먹고 싶었다고 한다.

뭐, 결론부터 말하자면 얇게 썬 햄이 더 맛있지 않나 싶지만, 그 또한 실제로 해보지 않았다면 몰랐을 일이니 스테이크는 스테이크대로 좋았을지도 모른다.

샐러드는 핫사쿠*를 넣은 그린샐러드.

이 핫사쿠는 내가 사는 아파트 중정에서 키워 열매를 맺은 것이다.

자연과 동떨어진 환경이라도 핫사쿠 맛을 제대로 내는 게 기특하구나.

축하 파티니까 평일이지만 펭귄과 화이트와인을 따서 건배했다.

유리네한테는 졸업 축하 선물로 말린 살구를 줬다.

* 일본이 원산지인 감귤류의 일종.

두둥실 천국 같은

온천욕은 좋구나.

하루의 일정이 '탕에 들어가기' 말고는 아무것도 없다는 해방감이 못 견디게 좋다.

혼자서도 할 수 있지만, 탕에 몸을 담그고 도란도란 이야기할 상대가 있다는 게 역시 또 좋다.

2박 3일 동안 온천욕을 하며, 나도 논논도 먹을 때와 잘 때를 빼고는 거의 벌거숭이로 지냈다.

엄마와도 마음속으로 많은 대화를 할 수 있었다.

엄마도 온천을 좋아했으니 분명 가까이에 와 있을 것 같다.

마지막에 온천에 모시고 가지 못한 게 너무 후회되지만 어쩔 수 없다. 자유로워진 몸으로 이제 아무 온천이라도 가셨으면 한다.

돌아오는 날인 사흘째에는 비가 왔다.

그래도 빗속에서 느긋하게 노천탕을 즐겼다.

그게 또 기분 좋았다.

늘 가는 온천장은 식사가 맛있어서 그것도 기대되는 일 중 하나다.

보양식이라는 이름이 붙은 저녁은 현미 채식으로, 아주 정성스럽게 요리해서 감동적으로 맛있었다.

아침은 생선과 유도후*가 단골 메뉴인데, 이런 식사를 계속하다 보면 몸이 점점 정화되는 것이 뚜렷하게 느껴진다.

손님 중에는 닷새 연속으로 묵는 사람도 있었고, 실제로 지병이 있는 분은 온천에 들어가고 보양식을 먹었더니 몸이 편안해졌다며 좋아했다.

어떤 부부는 얼굴을 아는 단골손님에게 "다음 달에 또

* 두부를 다시마 등의 국물에 삶아 양념장에 찍어 먹는 일본 요리.

봐요." 하고 인사하며 돌아갔다.

온천욕 동료가 생기는 것이다.

재미있는 것은 일본 문화에 전혀 관심이 없어 보이는 젊은이들도 친구들과 함께 온천에 와 있다는 점이다.

역시 일본인의 DNA일까.

반항기가 절정인 듯한 중고생, 사귄 지 얼마 안 된 것 같은 젊은 커플, 대학교 동아리 친구들 등 얼핏 온천과 인연이 없어 보이는 사람들이 당일치기 온천욕을 하러 많이 왔다.

그리고 다들 무척 순하고 좋은 표정으로 온천에 들어가 있었다.

이번에는 외국인의 모습도 눈에 띄었다.

그룹이나 커플로 와서 일본의 온천 문화를 만끽하고 있었다.

기본적인 규칙만 지켜주면 어느 나라 사람이든 대환영이다.

일본인이 사랑하는 온천 문화를 온 세상 사람들이 알아준다면 너무 기쁠 것 같다.

몸이 완전히 노곤해져서 돌아왔지만, 집에 오자마자 코가 간질거렸다.

처음에는 펭귄의 코가 간질간질하기 시작해서 "난 스기히노키 드링크* 마셨지롱." 하며 안일하게 있었는데, 2, 3일 뒤에 나도 본격적으로 기침이 멎지 않게 되었다.

게다가 약간 썰렁한 곳에 몇 시간 정도 있었더니 몸이 안쪽부터 얼어붙는 바람에 감기에 걸려서, 감기와 꽃가루 알레르기의 이중 공격으로 요 일주일간 너무 힘들었다.

기침에는 체력이 엄청나게 소모된다.

그런데 정말 그게 꽃가루일까.

뭐랄까, 매우 작은 입자가 몸 안으로 깊숙이 들어와 장난을 치고 있는 느낌이 든다.

가끔 폐 안쪽이 욱신거린다.

초미세 먼지인지 뭔지 그걸까.

무섭네.

비가 오면 증세가 조금 가라앉아서 비가 그립다.

* 일본의 종합건강음료.

　일주일 전, 라라네 가족이 우리 집에 놀러 왔다.

　라라와 만나는 건 무척 오랜만이다. 라라의 남동생이
태어나 좀처럼 가족이 다 함께 놀러 올 수 없었던 것이다.

　라라는 올봄에 초등학교 6학년이 된다.

　3월에 태어난 라라는 지금도 반에서 키가 가장 작다고
한다.

　그래도 얼마 전까지 120사이즈 옷을 입었는데 지금은
140을 입는다고 하고, 얼굴이나 다른 어떤 부분보다 키가 쑥 자라 있어서 놀랐다.

원래부터 아주 똑똑한 아이였지만 요즘은 한층 더 어른
스러워져서 대화할 때도 상대방의 말에 또박또박 대답을
잘한다.

이렇게 한 아이의 성장을 곁에서 지켜볼 수 있다니 정
말 행복하다.

아직 두 살인 우(라라의 남동생)는 엄청나게 활발했다.

유리네는 평소 산책길에 다른 개를 만나면 반드시 상대
를 쫓아가는데, 우와 함께 나가니 우가 끝없이 쫓아와서
오히려 유리네가 달아났다.

'도와줘.' 하는 곤란한 표정을 뚜렷하게 지으며 호소했다.

병원에 가서 주사를 맞을 때만 나에게 스스로 달려들어
안기는 유리네가, 우에게 쫓기자 내 뒤에 숨어 병원에서
와 마찬가지로 착 달라붙었다.

유리네가 너무 곤란해서 케이지를 가져와 그 안으로
대피시켰더니 우는 케이지째 거꾸로 뒤집어 유리네를 꺼
내려고 했다.

아직 본능을 그대로 드러내는 나이다.

유리네가 케이지 안쪽에 틀어박혀 몸을 둥글게 말자,
이번에는 자신의 장난감을 가져와서 케이지 입구에 늘어

놓더니 옹알옹알 "노~올~자~ 노~올~자~." 하며 꾀어내고
있다.

그 모습이 너무나 사랑스러웠다.

우의 엄마는 지금이 가장 힘든 시기라고 말했다.

확실히 한시도 눈을 떼지 못할뿐더러 젖도 줘야 한다.

365일 24시간 엄마로 지내는 건, 기쁨도 있지만 지칠 때
도 있을 텐데.

대단하다고 생각했다.

라라에게 미리 먹고 싶은 메뉴를 물어봤더니 이번에도
'튀긴 쌀'이랑 '기리탄포'*라고 했다.

이 두 음식은 라라가 지금보다 어릴 때 만들어줬는데,
어지간히 맛있었는지 그 뒤로 뭐 먹고 싶냐고 물어보면
반드시 이 두 가지를 말한다.

'그것 말고도 맛보여주고 싶은 메뉴가 있는데'라고 생
각하면서도, 이렇게 지금까지 기억해준다는 것이 역시 기
뻤다.

처음 기리탄포를 먹었을 때 라라는 흥분해서 "맛있

* 으깬 밥을 길쭉하게 뭉쳐서 꼬치에 원통형으로 붙인 뒤 구운 것. 또는 그것
과 닭고기나 채소 등을 함께 넣어 끓인 일본 아키타 지방의 향토 요리.

다!" 하고 외치며 온 집 안을 빙글빙글 뛰어다녔던가.

이번에는 로스트비프와 도미 소금가마구이도 만들었다.

도미 소금가마구이는 내내 마음에 뒀던 메뉴인데, 싱싱한 도미가 있어서 과감하게 만들어봤다.

실제로 만들어보니 상상했던 것보다 훨씬 간단한 요리였다. 달걀흰자를 섞은 소금으로 도미를 감싸 오븐에 굽기만 하면 된다.

그렇게 소금을 많이 썼으니 짜지 않을까 걱정했지만, 실제로 먹어보니 소금 간이 딱 알맞게 배어서 술이 절로 들어가는 맛이었다.

보기에 화려하고 심지어 간단히 만들 수 있으니, 싸고 신선한 도미가 눈에 띄면 소금가마구이로 만들면 좋을지도 모른다.

도미를 백숙용 통닭으로 바꾸는 등 여러 식재료를 응용할 수 있을 것도 같고.

아이가 있어 저녁이 아닌 점심을 함께했는데, 대낮부터 느긋하게 먹고 마시는 것도 왠지 이탈리아인이 된 듯한 기분이 들어 즐거웠다.

그 뒤 나는 2박 3일 일정으로 세토우치에 취재 여행을 다녀와 오늘이 되었다.

두둥실 천국 같은

3월 들어 눈이 핑핑 돌 정도로 바빴다.

그리고 내일부터는 베를린에 간다.

올해는 평소보다 오래 베를린에서 지낼 계획이다.

아참, 공지사항이 있습니다.

4월 14일(금)부터 NHK에서 드라마판 <츠바키 문구점>을 방영합니다!

주인공 포포 역은 배우 다베 미카코 씨.

밤 10시에 시작하니 꼭 봐주세요.

NHK라디오 제1방송에서도 4월 2일(일)부터 라디오 드라마를 시작합니다.

<신新 일요명작극장>이라는 프로그램으로 방송되고, 배우 니시다 도시유키 씨와 배우 겸 성우 다케시타 게이코 씨 두 분이 모든 역할을 소화하신다고 합니다. 시간 되면 이 방송도 꼭 들어주세요.

엄마가 병원에 입원해 있을 적에 라디오를 자주 들으셔서, 이번 라디오 드라마가 때를 맞출 수 있기를 바랐지만 그보다 일찍 돌아가시고 말았다.

그게 조금 애석하기는 해도 엄마처럼 병원 등지에 계신

분들이 TV를 보거나 라디오 드라마를 들으며 조금이라도 생긋 웃고 고통을 잊을 수 있다면 그보다 기쁜 일은 없을 것 같다.

『츠바키 문구점』 속편 연재도 시작되니 나에게는 새로운 한 걸음을 내딛는 시기다.

아침에 냉장고에 남아 있던 자반연어로 주먹밥을 만들
어 비행기를 탔다.

국내 여행이라면 또 모를까. 외국행, 심지어 유럽행 비
행기에 주먹밥을 들고 타는 게 괜찮을까 싶었지만 들고
간 게 정답이었다.

덕분에 기내식의 무미건조함이 싹 날아갔다.

이번 비행에서 유리네는 상당히 불안해했다.

지난번에는 갈 때도, 올 때도 괜찮았기 때문에 그만 방

심하고 말았다.

두 번째인 이번에도 이동장에 장시간 들어가 있는 연습을 제대로 해둘 것을 그랬다.

이렇게 스트레스를 받을 줄 알았다면 수면제를 먹이는 편이 좋았을지도 모른다.

그래도 베를린의 아파트는 몹시 마음에 들었는지 신이 나서 돌아다니고 있다.

산책할 때도 꼬리를 곧추세우며 기분 좋은 기색이다.

이 아파트는 일본으로 돌아가는 친구의 임대 계약을 이어받은 것이다.

나는 예전에 이 집에서 3주 정도 지낸 적이 있다.

펭귄도 아파트가 마음에 쏙 드는지 도착한 날 밤에 곧장 자신의 작업실로 쓸 방을 정리했다.

이곳이 한동안 '우리 집'이 된다.

냉장고와 세탁기, 식기, 침대, 식탁 등 기본적으로 필요한 물건을 친구가 전부 남겨두고 간 덕분에 도착 당일부터 일상적으로 지낼 수 있다는 점이 감사했다.

그다음 날은 일본에서 가져온 오뎅* 재료로 오뎅을 만

---

* 가다랑어와 다시마 육수에 곤약, 무, 어묵, 삶은 달걀 등 각종 식재료를 넣

들어 브리츠 씨(나의 독일어 선생님)와 사케를 마셨다.

베를린에 온 게 이번으로 몇 번째인지 이제는 정확히 떠올릴 수 없다.

이 동네에 완전히 익숙해져서 외국에 온 기분이 들지 않고 일본의 지방 도시에 있는 느낌이다.

추위는 각오했던 것보다 심하지 않았다.

오히려 최고 기온은 도쿄보다 높을 정도다.

중앙난방 덕분에 집에 있으면 그다지 춥지 않다.

뭐, 최고로 추운 시기가 지났으니 그럴 테지만.

베를린에도 꽃이 조금씩 피기 시작해서 모두 이제나저제나 하며 봄을 기다리고 있다.

해가 뜨면 벌써 밖에서 커피를 마시고 아이스크림도 먹는다.

봄이 와서 따뜻해지면 마음에 여유가 생기는지 사람들도 상냥해진다고 한다.

이제부터는 해가 부쩍부쩍 길어진다.

서머타임이 시작되어 일본과 시차가 1시간 단축되는 건

고 푹 끓여 먹는 일본 요리. 한국에서는 오뎅이 어묵과 같다고 알려져 있으나 어묵은 오뎅의 재료 중 하나일 뿐이다.

이번 주 일요일부터다.

식기를 고르거나 가구 위치를 바꾸는 등, 왠지 펭귄과 연애하던 때로 돌아간 듯해서 신선하다.

어제는 유리네와 산책하는 길에 꽃집에 들러서 튤립을 샀다.

한 다발에 1.5유로. 일본 돈으로는 200엔쯤 된다.

아침에 일어나보니 어제는 고개를 숙이고 있던 튤립 봉오리가 태양을 향해 뻗어 있었다.

유리네가 밥 달라고 조를 때의 포즈와 비슷하다.

전에는 임시 거처였기 때문에 꽃을 장식할 여유도 없었다.

하지만 이번에는 우리 집이니까 마음 놓고 꽃을 장식할 수 있고, 요리도 손에 익은 도구를 써서 만들 수 있다.

이 차이는 꽤 크다.

베를린에 온 지 아직 나흘밖에 안 되었지만, 오래전부터 쭉 살았던 기분인걸.

앞으로 더더욱 이 집과 정이 들겠지.

독일에서 친구를 잔뜩 만들자.

독일에서 작품을 많이 쓰자.

독일어 공부도 열심히 해서 대화를 나눌 수 있게끔 되자!

두둥실 천국 같은

폈다, 폈다. 눈 깜짝할 사이에 튤립이 폈다.

볕이 잘 드는 집이라서 튤립 봉오리가 벌어지는 속도도
빨랐다.

오늘은 일요일.

오늘 새벽부터 서머타임이 시작되어서, 아침에 일어나
시계를 1시간 앞으로 돌렸다.

하늘은 새파랗다.

사뭇 일요일다운 일요일로, 방금 동네 케이크 가게에 갔더니 사람들이 밖에서 커피를 마시며 여유를 만끽하고 있었다.

봄이 온 것이다.

일본에서 부친 짐이 도착했는데, 아깝게도 사발 두 개와 컵 한 개가 깨져 있었다.

사발 하나는 무사했지만 유감이다.

꾸러미를 좀 더 칭칭 감을 것을, 하고 반성했다.

무게를 생각해서 대부분 칠기로 골라 부쳤는데, 그 그릇들은 전부 멀쩡했다.

역시 칠기는 가볍고 잘 깨지지도 않아서 좋구나.

펭귄은 식기세척기에 못 넣는다고 불평을 하지만, 나는 나무그릇을 좋아해서 밥을 먹을 때도 칠기가 마음이 더 안정된다.

가까이에서 일본을 느낄 수도 있고.

독일의 우편은 DHL이다.

시간 지정 제도가 없어서 받는 사람이 부재중일 때는 이웃집에 두고 간다.

유리네 사료를 인터넷으로 주문하니 사전에 메일로 언제 도착한다는 날짜 안내가 왔다.

집에 없어서 못 받으면 아파트 지상층(1층)의 가게에서 맡아준다.

그밖에도 집에서 못 받을 때는 가까운 DHL 숍(일본의 편의점 같은 곳)을 지정할 수도 있다.

일본에서는 택배 기사의 노동 조건 문제가 수면 위로 떠올라 있는데, 확실히 무언가 바꾸지 않으면 이대로는 지속되지 못할 것 같다.

처음에는 기운차게 물건을 배달해주던 신참 직원이, 순식간에 기력이 쇠하고 눈 밑에 시커먼 그늘이 생기는 것을 보면 정말 가혹한 노동이구나 싶다.

2시간 단위의 시간 지정은 과하다. 서비스 과잉이라고 생각한다.

본인이 시간을 지정했지만, 그때 받지 못해 다시 배송받을 때는 추가 요금을 내도록 하면 좋을 텐데, 어떨까.

서비스에 지나치게 기대고 있는 듯한 기분이 든다.

지금 사는 아파트도 그렇지만 베를린에는 엘리베이터가 없는 건물도 상당히 많다.

그러면 택배 기사는 땀을 뻘뻘 흘리며 무거운 짐을 옮겨야 하니 큰일이다.

그러니 적어도 그 이상의 부담을 지우지 않도록 노력하

는 것이 이용자 측에도 필요하다고 생각한다.

나도 지금 위층 사는 사람의 택배를 맡아두고 있다.

이 정도 느슨함은 허용해도 되지 않을까.

오늘 아침은 펭귄이 볶음밥을 만들어줬다.

실은 베를린에 온 뒤로 밥을 맛있게 짓지 못해 고생했다.

인덕션이라서 불 조절이 어려운 것이다.

네 번째에 겨우 맛있게 지어졌고, 그래서 볶음밥을 만들었다.

구운 돼지고기 대신 햄을 넣어서.

결과는 완벽했다.

국그릇에 들어 있는 것은 파래국이다.

생활 기반이 거의 다 정돈되었으니, 내일부터는 평소의 업무 모드로.

원고를 써야 해!

아무래도 도쿄보다 베를린이 더 따뜻한 것 같다.

오늘은 일기예보에서 20도가 넘는다고 해서 반소매나 민소매를 입은 사람들도 눈에 띈다.

어제까지만 해도 벌거숭이였던 집 앞 공원의 나무에 오늘은 연두색 새싹이 돋아났다.

어제 유리네에게 광견병 예방주사를 맞히고 돌아오는 길에 집 근처에서 벚나무 가로수길을 발견했다.

일본의 벚꽃과는 가지가 뻗은 모양이 뭔가 달라 보였지

만, 그 끝에 달린 건 어엿한 벚꽃이었다.

마침 활짝 피어서 꽃구경하기 좋은 시기다.

오늘은 펭귄도 그곳에 데려가 꽃을 감상했다.

봄이구나.

엊그제 싱싱한 양송이버섯을 팔고 있는 것을 보고 문득 수프가 떠올라 만들어보았다.

일본에서 부친 핸드 블렌더가 큰 도움이 되었다.

뜻밖에도 맛있게 만들어졌다.

이틀 치를 생각하고 잔뜩 만들었는데 펭귄이 전부 먹어 버렸지만.

누카도코*도 순조롭게 발효되고 있다.

오이 종류가 달라서(이곳 오이는 어째서인지 속이 푹신 푹신하다) 일본에서 먹는 오이 누카즈케**처럼은 안 되지 만 나름대로 좋은 맛이 났다.

지금은 무를 절이고 있다.

맛있는 맥주를 듬뿍 먹고 훌륭한 누카즈케가 되어주렴.***

---

* 쌀겨에 소금과 물을 넣고 섞어서 발효시킨 것으로, 매일 뒤섞으며 공기 를 넣어줘야 해서 시간과 정성이 많이 든다.

** 누카도코에 가지나 오이 등의 채소를 넣어 만드는 절임 음식.

*** 누카도코에 맥주를 넣으면 맥주의 효모균이 발효를 돕는다.

얼마 전 마트에서 채소 판매대를 구경하다가 우엉을 발견했다.

진짜 우엉이 맞나 싶어 집에 와서 알아봤더니 정말로 명실상부한 우엉이었다.

베를린에서 우엉을 살 수 있다니!!!

뿌리채소를 좋아하는 나에게는 못 견디게 기쁜 소식이다.

일본을 오래 떠나 있으면 뭐니 뭐니 해도 가장 그리운 게 뿌리채소니까.

이제 연근만 살 수 있다면 만만세일 텐데.

오늘은 지금부터 소고기 우엉조림을 만들 생각이다.

센다이에 살던 할머니를 뵈러 가면 자주 만들어주시던 요리다.

베를린에서 소고기 우엉조림을 먹을 수 있다니 너무 기쁘다.

화분에 심은 수선화도 예쁘게 피었다.

이제 곧 부활절이라서 꽃집에는 달걀이 잔뜩 장식되어 있었다.

방금 전에 펭귄을 배웅했다.

펭귄은 일본에 일이 있어서 혼자 도쿄로 돌아갔다. 단신 부임이다.

며칠 전부터 꿍얼꿍얼 앓는 소리를 했지만 어쩔 수 없다.

나는 유리네와 베를린에 남아 독일어 공부를 열심히 해야지.

아침에 샌드위치 김밥을 만들었다.

지난번에 브레멘에 갈 때도 샌드위치 김밥을 만들었다.

두둥실 천국 같은

주먹밥처럼 뭉치지 않아도 되니 정말 만들기 쉽다.

또 언젠가는 냉장고에 남아 있던 낫토와 아보카도를 속 재료로 넣었다.

ICE(독일의 고속열차)에서 먹으려니 냄새가 신경 쓰였지만 아무 문제 없이 괜찮았다.

샌드위치 김밥 만세다.

오늘은 돼지 생강구이를 속 재료로 넣었다.

펭귄은 이것을 헬싱키에서 나리타로 가는 비행기 안에서 먹을 예정이다.

단무지와 매실장아찌로 만든 것도 먹고 싶다고 해서 그쪽은 밥 양을 조금 줄여 가볍게 만들었다.

나리타에 도착하기 직전에 아침밥으로 먹어도 좋을 것 같다.

샌드위치 김밥은 빵 대신 밥과 김으로 속 재료를 감싼다.

김은 많이 들지만 만들기도 간단하고 먹기도 편해서 외국에서는 특히 좋다.

아침은 볶음 쌀국수를 만들었다.

동네의 아시아 식재료 가게에서 산 쌀면을 처음 써봤다.

돼지고기와 목이버섯, 말린 표고버섯, 주키니호박을 볶은 뒤 면을 넣었다.

어린 시절 센다이에 사는 할머니가 만들어주신 볶음 쌀 국수의 맛과 어딘가 비슷했다.

할머니는 전쟁 때 타이완에 사셨는데, 그곳 가사 도우미에게 볶음 쌀국수 만드는 법을 배우셨다고 했으니 분명 본고장 것과 비슷한 면을 썼겠지.

일본에서는 주키니호박을 잘 먹지 않지만, 베를린의 주키니는 즙이 무척 풍부해서 요리하기 아주 좋다.

면을 세 다발 넣었더니 양이 상당해서 너무 많이 만들었나 싶었지만 둘이서 싹싹 다 먹었다.

펭귄은 무사히 테겔 공항에 도착해 지금은 탑승 수속을 하려고 줄을 서 있다고 한다.

석 달이나 만나지 못하는 건 쓸쓸하지만, 서로 해야 할 일이 있으니 그것에 집중하다 보면 눈 깜짝할 사이에 시간이 지날지도 모른다.

단, 나는 유리네와 함께 있으니 괜찮지만, 펭귄은 유리네와 떨어져 지내는 것에 꽤 심란해하고 있다.

그도 그럴 게, 가족이니까.

어쨌거나 무사히 베를린에서 다시 만날 수 있도록 정신을 똑바로 차려야겠다.

오늘 베를린은 날씨가 무척 좋다.

집 앞 공원의 나무들은 신록이 정말 아름다워서 보기만
해도 마음이 정화된다.

내일부터 또 추워진다고 하니 오늘은 볕을 한껏 느껴두자.

가끔 엄마가 놀러 온다.

내가 그렇게 느낄 뿐이지만, 그리 생각할 수밖에 없는 일이 몇 번 있었다.

자신의 존재를 어필하기 위해서랄까, 아마도 나한테 칭찬받고 싶은 것 같은데 물건을 자주 떨어트린다. 심지어 특정 물건 하나만.

도쿄 집의 화장실에는 벽에 작은 선반이 달려 있다.

거기에 독일에서 구한 작은 수제 목각 인형을 세 개 나

두둥실 천국 같은

란히 놓아두었는데, 그중 암사슴 인형만 몇 번이나 연달아 아래로 떨어지는 사건이 일어났다.

처음에는 펭귄이 장난치는 줄 알고 떨어져 있을 때마다 주워서 같은 곳에 되돌려놓았다.

하지만 어느 날 펭귄에게 물어봤더니 자기는 안 했단다.

아무리 생각해도 이상했다.

바람 때문에 쓰러지는 일은 있을 수 없고, '거기서 낙하해도 그 지점에는 안 떨어질 텐데' 하는 곳에 떨어져 있다. 게다가 늘 같은 암사슴이다.

불길한 예감이 들어서 혹시 나한테 무슨 나쁜 일이 생긴다는 예고가 아닐까 싶었지만, 문득 엄마일지도 모른다는 생각이 들자 곧바로 이해가 갔다.

그래서 난도를 슬슬 높여 '이건 못 떨어트리겠지.' 하는 장소에 둬보기도 했다.

그럴 때도 암사슴이 고작 몇 시간 만에 떨어지기도 해서, 나는 엄마의 소행이라는 것을 점점 확신하게 되었다.

그때마다 나는 "대단하네!" 하며 칭찬하고 있다.

돌아가신 후에 깨달았는데, 엄마는 나에게 칭찬받고 싶었던 것이다.

사랑받고, 칭찬받고, 인정받고 싶었던 것 같다.

그런 단순한 것도 눈치를 못 채서, 엄마가 살아 계실 적에는 비생산적인 싸움을 계속했다.

그 사실을 더 일찍 깨달았다면 틀림없이 다른 관계를 구축할 수 있었을 것이다.

내가 베를린에 와 있는 것이 그 현상에 어떤 영향을 끼칠지 궁금했는데, 도착한 지 이틀째 되던 날 밤에 갑자기 엄청나게 커다란 소리가 났다.

펭귄은 쿨쿨 자고 있었지만 나와 유리네는 벌떡 일어났다.

다음 날 눈을 떠보니, 펭귄이 식탁 위에 뒀던 스마트폰이 바닥에 떨어져 있었다.

"절대 떨어졌을 리 없어"라는 펭귄. 분명 떨어졌을 리 없겠지만 떨어져 있었다.

역시 엄마다, 하는 결론에 이르렀다.

엄마는 한 번도 해외여행을 해본 적이 없는데, 돌아가시고 나서 외국까지 놀러 온 걸까.

엄마가 세상을 떠나기 전까지만 해도 나는 불단이나 무덤, 공양 같은 것에 흥미가 전혀 없었다.

그런 건 다 헛일이 아닐까 생각했다.

하지만 그랬던 내가 지금은 매일 아침 엄마의 불단에 향을 피우고 차를 바치며 합장을 한다.

두둥실 천국 같은

뭐, 불단이라 해도 직접 만든 간소한 제단이지만.

불단을 창가에 둬서 우연찮게 하늘을 향해 합장하게 되는데, 그게 기분이 좋다.

조상님께 감사하는 마음을 전하고, 신입인 엄마를 잘 부탁드린다고 빈다.

엄마가 좋아하는 음식이 있을 때는 그것도 함께 바친다.

살아 계실 동안에는 엄마를 거의 이해하지 못해 물과 기름 같은 관계였지만, 지금은 늘 함께 있다는 실감이 든다.

잘 표현이 안 되지만 반려동물 같은 느낌이다.

그리고 이 역시 능숙하게 설명하기 힘든데, 만약 엄마가 개였다면 어떤 성격이었든 나와 잘 지냈을 것 같다.

엊그제도 한밤중에 갑자기 유리네가 벌떡 일어나 문 쪽을 보며 으르렁거렸다.

그럴 때가 가끔 있다.

나한테는 안 보이는 것이 유리네에게는 보이는지도 모른다.

"괜찮아"라고 말해주고 그대로 잠들었는데, 그 뒤 엄마가 꿈에 나타났다. 무척 달콤하고 부드러운 꿈이었다.

역시 그건 엄마였을까.

사람은 누구나 효도하고 싶어 하고 되도록 부모와 사이

좋게 지내고 싶어 한다.

　가족이 서로 돕는 건 이상적인 모습이고, 가능하면 그렇게 지내고 싶지만 아무리 노력해도 뜻처럼 되지 않는 사람도 있다.

　그런 것을 나라가, 법률이 강제하지 말았으면 한다.

　가족에는 여러 가지 형태가 있으니까.

　오늘도 독일은 부활절로 인해 휴일이다.

　춘분 뒤 첫 보름날의 다음 일요일이 부활절이므로 일요일인 어제가 올해의 부활절이었다.

　독일에서는 그 앞 금요일과 그다음 월요일도 휴일이라서 직장인들은 주말까지 합해 나흘 연속으로 쉰다.

　토요일에는 정상 영업하는 가게가 많았지만 우리 동네 빵집은 문이 닫혀 있었다.

일본의 오봉[*] 연휴 같은 느낌일까.

거리는 아주 조용하다.

요전에 유리네를 데리고 산책할 때 봤더니 어느 할머니가 아파트 앞 화단에 달걀을 장식하고 있었다.

그렇다. 거리에는 달걀과 토끼 장식이 가득하다.

다들 장식 솜씨가 좋아서 무척 귀엽다.

독일에서는 부활절의 종교적 의미가 그리 크지 않은 듯, 일본의 크리스마스처럼 이벤트로 즐기는 느낌이다.

교회도 있기는 하지만 종교적 목적이 아니라 마을 회관 같은 장소로 그림 전시나 연주회에 쓰이기도 한다.

연휴라서 부활절 기간에 낫토 만들기에 도전했다.

초등학교 시절 체험학습 같은 것으로 낫토를 만들어본 적이 있는데, 그 이후로 처음이다.

베를린에서도 낫토를 살 수 있긴 하지만 정말 비싸다.

그래도 유리네가 낫토를 매우 좋아하니 이참에 만들어보기로 했다.

낫토균은 일본에서 가져왔다.

---

[*] 조상의 영혼을 기리는 일본의 큰 명절. 옛날에는 음력 7월 15일에 치렀지만 현대에는 양력 8월 15일을 중심으로 치르는 경우가 많다.

만드는 방법 자체는 무척 간단하다.

대두를 삶고 거기에 낫토균을 묻혀 따뜻한 곳에 24시간 동안 놓아두기만 하면 된다.

대두도 유기농 마트인 비오 컴퍼니^{bio company}에서 쉽게 살 수 있어 생각보다 어렵지 않다.

단, 발효시키려면 보온이 필요해서 처음에는 어떻게 할지 고민했다.

개중에는 낫토와 함께 자는 사람도 있다던가.

초등학생 때는 분명 고타쓰* 안에 두고 발효시켰던 기억이 있다.

그런데 좋은 방법이 생각났다.

내가 일본에서 보온 물주머니를 가져온 것이다.

그걸 이용해 안 쓰는 이불로 감싸 보온했다.

잘 완성되면 좋을 텐데.

지금은 발효가 끝나 냉장고에 재워뒀다.

타향살이를 하는 일본인들은 다들 눈물겨운 노력으로 직접 일본 음식을 만들고 있다.

내 친구도 작년에 된장을 담갔다나.

---

* 사각형 테이블에 전열 기구를 설치하고 이불을 덮은 일본의 실내 난방 장치.

나도 힘내야지.

우리 동네에 중국 윈난성 출신 젊은이들이 하는 면 요릿집이 있다. 나는 멋대로 '윈난면'이라고 부르는데, 그곳 부활절 장식이 엄청나게 예뻤다.

인테리어 자체를 전부 자기들 손으로 했고 의자와 테이블도 직접 만들었다.

사장님들이 너무 젊어서 요리가 괜찮을지 의심했지만, 맛도 완벽해서 아주 좋아하게 되었다.

낫토를 먹는다고 하면 다음에 갖다 줘야지.

얼마 전 문득 고개를 들어보니 창밖에서 눈이 흩날리고 있었다.

"봄이다!" 하고 기뻐했던 것도 한순간일 뿐, 베를린은 아직 추운 날이 이어지고 있다.

날씨가 손바닥 뒤집듯 바뀌어서 외출도 뜻대로 할 수 없다.

조금 전까지만 해도 분명 쾌청했는데 갑자기 하늘이 새까매지고 비가 내리기도 한다.

요전에는 드디어 날이 갠 것 같아서 유리네를 데리고 산책을 나갔더니 우박이 떨어졌다.

마치 후지산에 와 있는 듯한 날씨다.

어제도 유리네를 데리고 산책하는 도중에 비를 맞고 말았다.

가랑비였다면 신경 쓰지 않고 걸었을 텐데, 빗발이 꽤 세차서 가게의 처마 아래로 들어가 비를 피했다.

10분쯤 오다가 그쳐서 다행이었지만.

이런 날씨가 당분간 계속될 듯하다.

어제 내가 간 곳은 무인양품.

이곳의 무인양품은 생활에 큰 도움이 된다.

독일 제품은 일단 엄청나게 크고 무겁다.

냄비나 국자나 자전거도 그렇고 문도 마찬가지다.

'어째서 이렇게까지 무겁게 만들어야만 해?' 하며 한숨이 나올 정도로 무겁고 크다.

독일인에게는 아무렇지 않을 수 있지만, 일본인인 나는 무거운 프라이팬을 들기만 해도 몸이 힘들다.

그럴 때 무인양품이 있어서 든든하다.

'역시 일본 제품은 좋구나.' 하고 무인양품에서 실감한다.

뭐, 일제라 해도 실제로는 중국에서 만들기도 하지만.

그래도 일본인이 물건을 만드는 기술은 역시 대단하다.

옷만 해도 여기서는 일단 마음에 드는 물건이 보이지 않는다.

소재도 바느질도 디자인도, 일본인의 눈을 거친 제품은 질이 더 좋은 것 같다.

이곳 무인양품에서 물건을 사면 좀 비싼 셈이긴 하지만, 일부러 일본에서 운송시키는 것을 생각하면 어쩔 수 없는 부분이다.

소쿠리나 볼, 된장 거름망, 국자 같은 물건을 보면 '역시 이래야만 해'라는 생각이 든다.

가려운 데를 긁어주는 느낌이랄까, 세심하달까, 베를린에서도 무인양품은 아주 인기가 많다.

반려견이 들어갈 수 있을지 불안해하며 유리네를 데려갔는데 아무 문제 없었다.

무인양품이 동네에 있어서 정말 다행이다.

추운 날은 이어지고 있지만 슬슬 화이트 아스파라거스의 계절이 오고 있다.

시장에 풀리는 날이 딱 정해져 있는 모양이다.

나오기 시작하는 무렵에는 비싸지만 좀 지나면 적당한 가격이 된다.

일본으로 치면 아마 산나물이나 두릅 같은 느낌이겠지. '이걸 먹으면 봄이다!' 하는.

역시 두릅은 베를린에서 못 먹으니까 화이트 아스파라거스를 튀김으로 만들어 먹어보려 한다.

산나물이 그리워서, 생나물은 아니지만 말린 고비를 물에 불려 돼지고기 두부조림에 넣어봤더니 맛이 상당히 괜찮았다.

얼른 펭귄에게 연락해 이번에 올 때 가져와달라고 부탁했다.

이번 주말에 친구가 욕실에 샤워 커튼을 설치해주기도 해서 한층 더 살기 좋은 집이 되었다.

애착이 부쩍부쩍 솟아난다.

오늘은 프랑스 대통령 선거일.

EU가 사람들의 생활에 혜택만 주는 건 아니라는 사실은 알지만, 모처럼 몇십 년에 걸쳐 구축해온 제도이니 사람들의 지혜를 모아서, 그저 부수지만 말고 보다 나은 시스템으로 재구축할 수 없을까.

자국 제일주의를 외치는 목소리는 듣기에는 좋아도 그게 정말 사람들에게 평화를 안겨줄지 의문이다.

두둥실 천국 같은

어떤 결과가 나올까.

독일 입장에서도 남 일이 아니다. 그렇다는 건 나에게도 남 일이 아니라는 뜻이다.

유리네는 새근새근 낮잠을 자고 있다.

어제 드라마도 너무 좋았다.

그렇다, 베를린에서 〈츠바키 문구점〉을 실시간으로
볼 수 있다.

솔직히 말해 2, 3초 늦게 보는 것 같지만.

VOD로 보는 게 아니다. 일본 집에 '슬링박스'라는 기계
를 설치하고 온 덕분에 여기서 셋톱박스를 원격으로 조작
할 수 있다.

오즈모[*]든 국회 중계든 뉴스든 뭐든 다 볼 수 있다니 굉장한 시대로다.

낫토에 이어 오늘은 고추기름을 만들었다.

독일에도 일단 상품이 있기는 하지만 고를 수가 없었다.

실제로 만들어보니 무척 간단했다.

부엌에 있는 재료만으로 손쉽게 만들 수 있었다.

아직 맛은 안 봤지만 냄새는 매우 좋다.

마지막에 아이디어가 번뜩 떠올라 가쓰오부시 가루를 넣었는데, 그게 길놈일지 흉ൽ일지 기대된다.

이로써 교자를 더욱 맛있게 먹을 수 있다.

배편으로 부쳤던 짐은 전부 무사히 도착했다.

가끔 정말로 짐 자체가 사라지는 경우도 있다고 들어서 불안했지만, 다 제대로 도착해 가슴을 쓸어내렸다.

일본에서 부친 절구와 소형 가쓰오부시 대패도 부서지지 않았다.

큰 짐은 대체로 배달 기사가 아파트 지상층의 액세서리 가게에 두고 간다.

지금 사는 아파트는 오래돼서 엘리베이터가 없기 때문

---

* 일본스모협회에서 주최하는 프로 스모 선수들의 경기.

에, 작은 물건은 들고 올라와 주지만 큰 물건은 처음부터 벨을 누르지 않고 아래쪽 층에 맡겨두고 가는 것이다.

일본처럼 시간을 지정하는 건 있을 수 없는 일이지만, 사전에 메일을 보낼 때는 배달 날짜와 그 시간이 오전인지 오후인지 알려준다.

그것을 변경할 수는 없다.

그래서 배달 온다는 연락을 받으면 계속, 끈기 있게 집에서 대기해야 한다.

일본처럼 세심한 서비스는 없지만 뭐, 이 정도로 괜찮지 않나 싶다.

택배 기사가 짐을 다른 곳에 두고 갈 것을 예상해 내가 직접 들고 옮길 수 있는 무게로 싸둔 것이 정답이었다.

베를린에 온 뒤로 나는 꽤 씩씩해진 것 같다.

어쨌거나 뭐든 직접 운반해야 하니까.

일본처럼 '얼마 이상 사면 배송비 무료'와 같은 서비스는 별로 없어서 집 근처에서 살 수 있는 건 거기서 사게 된다.

일본에서도 소비자가 그런 의식을 가지면 뭐든 택배에 의지하는 일이 줄어들 텐데.

당일 배송 같은 건 너무 과한 서비스다.

그날 필요한 물건이라면 며칠 전에 주문하면 되고, 급

하게 필요해졌다면 자기 발로 구하러 가면 된다.

단, 이곳에서도 물과 와인은 역시 무거워서 배달을 부탁한다.

물은 마트 배송에 의지하는데, 음료를 주문하는 경우 사전에 높은 가격이 설정된다.

와인은 동네 와인가게에서 한꺼번에 구입해 배달시킨다.

그럴 때는 배달해준 사람에게 팁을 건네는 게 상식이라고 해서, 평소에 택배를 받을 때도 위쪽 층으로 무거운 물건을 가져와 준 경우는 들고 온 사람에게 팁을 준다.

일본인은 팁 문화에 익숙하지 않아 귀찮긴 해도, 식당에서 일하는 사람이나 택배 기사, 호텔 청소부 등은 싼 급료로 일하고 있으니 팁이 매우 효과적으로 기능하는 것 같다.

반대로 말해 그 일들은 팁이 없으면 직업으로서 성립하지 않는다.

팁이 세상의 윤활유 역할을 한다고 생각하면, 지갑에 늘 동전을 넣고 다녀야 한다는 것을 실감한다.

나는 집에서 안 쓰는 뚜껑 달린 버터 통을 현관에 두고 거기에 언제나 1유로와 2유로짜리 동전을 넣어둔다.

그러면 팁을 얼른 건넬 수 있다.

요즘은 식당 등에서 결제를 할 때 카드로 팁만큼 추가해서 지불할 수 있는 곳도 있는데, 그러면 팁이 받아야 할 사람에게 제대로 가는지 확실치 않으니 역시 팁만큼은 현금으로 주는 편이 좋을지도 모른다.

팁에 관해서는 나도 아직 횡설수설하지만, 이 습관을 익혀야 기분 좋게 생활할 수 있을 것 같다.

식당은 식사 금액의 10퍼센트 정도가 팁이라고들 하지만 그렇게 딱 맞추지 않아도 되는 모양이다.

골든위크* 때 유럽을 여행하는 분은 팁을 잊지 말기를.

팁용으로 항상 동전을 모아두면 편리하다.

그나저나 배우들은 역시 굉장하다.

주인공의 할머니인 선대先代 역의 바이쇼 미쓰코 씨는 대단하다고밖에 할 말이 없다.

남작 역도 분위기가 좋고, 또 시라카와의 어머니 역도 굉장하다.

포포도 귀엽다.

평면이었던 세계가 입체로 변한 느낌이어서, 나도 평범한 시청자 중 하나로 드라마를 즐기고 있다.

---

* 일본에서 4월 말에서 5월 초까지 공휴일이 이어지는 일주일을 말한다.

다음 주는 어떻게 전개될까.

아참, 공지사항이 있습니다!

이번 달부터 문예지《소설 겐토》에서『반짝반짝 공화국』* 연재를 시작합니다!

이 소설은『츠바키 문구점』의 속편으로 썼습니다.

포포의 '뒷이야기'가 궁금하신 분은 이 작품도 꼭 읽어주세요!

* 권남희 옮김, 위즈덤하우스, 2018.

오늘은 노동절이라서 독일은 휴일이다.

그래서 이번 주말까지 사흘 동안 연이어 쉬게 되었다.

우리 동네에 사는 친구에게 전화가 온 것은 금요일 오후였다.

자기 집 세탁기가 고장 나서 탈수가 안 되는데, 우리 집 세탁기를 빌려 쓰러 와도 되냐는 거였다.

"되고말고." 나는 곧바로 대답했다.

베를린에서야 이런 일이 일상다반사지만, 문득 돌이켜

보니 일본이라면 같은 상황에 놓여도 친구에게 세탁기를 빌리려는 생각은 안 할 텐데 싶었다.

일단 처음에는 어떻게든 수리 기사를 부를 것 같다.

하지만 이런 도움을 아무렇지 않게 요청할 수 있는 곳이 베를린이다.

그야말로 시골 마을이다.

동네가 작은 만큼 훌쩍 나들이를 가거나 친구와 만날수 있다.

세탁기가 고장 난 친구는 저녁에 젖은 수건을 비롯한 빨랫감을 가지고 자전거로 왔다.

우리 집 세탁기도 언제 같은 문제가 생길지 모르니 피차일반이다.

느긋하게 차를 마시며 탈수가 끝나기를 기다렸다.

얼마나 한가로운지.

토요일에는 다른 친구가 아들을 데리고 놀러 와서 요리를 했다.

이 아파트에서 손님을 접대하는 건 처음이다.

메뉴는 양송이버섯 수프와 화이트 아스파라거스 튀김, 돼지고기 죽순조림, 그리고 소금 주먹밥.

샐러드를 만들고 남은 루콜라를 양송이버섯 수프에 넣

어봤는데, 딱 일본의 쑥 같은 향이 나서 맛이 상당히 괜찮 았다.

친구 아들은 수프에 주먹밥을 섞어 먹더니 매우 만족해 했다.

튀김은 첫 시도라 불안했지만 그럭저럭 성공했다.

일본과 독일은 밀가루 분류법이 달라서 이곳에는 일본에서 말하는 박력분이나 중력분, 강력분이 존재하지 않는다.

'그것과 비슷한 건 이걸까.' 하는 느낌만 올 뿐 완전히 똑같은 밀가루는 구할 수 없다.

그래서 일단 해보고 잘 안 되면 튀김은 미련 없이 포기하려고 마음먹었는데, 결과적으로 사둔 화이트 아스파라거스 한 단을 전부 튀김으로 만들어 먹어치웠다.

아아, 정말 맛있었다.

유럽 사람들이 화이트 아스파라거스 수확 철을 이제나 저제나 하며 고대하는 마음을 너무 잘 알겠다.

아참, 화이트 아스파라거스를 요리할 때 주의해야 할 점이 있다.

그린 아스파라거스와는 달리 화이트 아스파라거스는 바깥쪽 껍질을 벗겨야 한다.

또한 벗겨낸 껍질에서도 맛이 우러나기 때문에 요리에 쓸 수 있다.

어떤 사람은 화이트 아스파라거스를 삶을 때 그 껍질을 함께 넣는다고 하고, 또 다른 사람은 껍질 삶은 물로 수프를 만든다고 한다.

그래서 나도 껍질을 허투루 버리지 않고 다음 날 아침에 채수를 우려내서 잡탕죽을 만들었다.

그것이 저절로 고개가 끄덕여질 만큼 깊은 맛이 났다.

마지막에 달걀을 풀어서 덮었을 뿐인데 결국 세 공기 분량의 죽을 전부 먹어치웠다.

특히 후추와 소금과 올리브유를 뿌린 조합이 최고였다.

이 식재료를 남김없이 쓰는 방식, 무언가와 닮은 것 같지 않았나요?

그래요, 게예요, 게.

게도 살을 발라내고 남은 껍질로 육수를 우려내 그걸로 된장국이나 수프를 만들잖아요.

그거예요, 그거.

요컨대 화이트 아스파라거스와 게는 사용법이 무척 비슷한 거죠.

올봄에는 화이트 아스파라거스를 부지런히 사 와서 맛있게 먹는 법을 연구해보려 한다.

그러고 나서 오후에는 세탁기가 고장 난 친구와 각자의 개를 데리고 숲에 다녀왔다.

작년 여름에 처음 가본, 베를린의 숲속에 있는 개 천국.

숲속에 호수가 있고 그 주변에서 개들이 자유롭게 뛰어노는 꿈같은 장소다.

유리네도 다른 개들을 따라 리드줄을 풀어줬다.

처음에는 어디론가 가버리지 않을까 불안했지만 괜찮아서 안심했다.

유리네는 다른 개와 노는 것을 무척 좋아해서 아주 즐거워했다.

유리네 안의 몬스터가 튀어나와 양껏 스트레스를 해소하고 돌아왔다.

완전히 꼬질꼬질한 개가 되었지만.

그래도 아주 행복해 보인다.

유리네가 행복하면 나도 행복하다.

최고로 근사하게 일요일을 보내는 방식이다.

그리고 오늘은 연휴 마지막 날.

두둥실 천국 같은

밖에서 격렬한 시위를 할 수도 있다고 해서 집에서 조용히 하루를 보냈다.

내일부터 드디어 어학원을 다닌다.

오랜만에 하는 학생 생활, 과연 어떨까?

5月
7日 } 금요일은

이번 주는 월요일이 휴일이어서 화요일에 어학원 개강식을 했고 수요일부터 본격적인 독일어 수업이 시작되었다.

수업은 상당히 빡빡해서 아침 8시 반부터 시작해 오후 1시에 끝난다.

그 사이 10시부터 30분 동안, 그리고 12시부터 15분 동안 쉬는 시간이 있다.

10시부터 시작되는 긴 쉬는 시간에는 매점이 로비로 나오는데, 거기서 빵과 과일, 요구르트 등을 사 먹을 수

두둥실 천국 같은

있다.

어학원 수업이 시작되기 전에 예습을 조금 해두었지만, 첫날에 밑천이 바닥나고 말았다.

이틀째에는 이미 뇌가 얼어붙을 것 같았다.

예습과 복습을 안 하면 길을 잃고 헤매게 될 것이 불 보듯 뻔하다.

'어렵다'라고 생각하면 스스로 벽을 쌓게 되니까 '독일어는 쉽다.' 하고 나 자신을 타이르고 있지만, 실제로는 눈이 핑핑 돌 정도다.

첫 주부터 벌써 이러면 앞으로 어떻게 될까.

그래도 역시 어학원만의 장점이 있어서, 독학으로 공부했을 때는 절대 외우지 못했던 숫자도 어느 틈에 머릿속으로 쏙 들어왔다.

뭐, 조금씩 조금씩 앞으로 나아가는 수밖에 없다.

이런 이유로 금요일 오후에는 해방감에 가득 차 있었다.

저녁에 유리네를 데리고 산책하던 중, '그러고 보니 금요일은 우리 동네에 마르크트Markt(시장)가 서는 요일이 아닌가?'라는 생각이 들어서 가봤더니 역시 그랬다.

우리 동네 마르크트는 나오는 가게 수도 그리 많지 않고 규모도 소소해 여태까지는 다른 광장의 더 큰 마르크트에 갔다.

하지만 막상 이곳 주민이 되어보니 동네 사람들에게 사랑받는 이런 마르크트가 최고라는 생각이 든다.

벌써 저녁이고, 여하튼 해방된 기분이기 때문에 글라스로 파는 화이트와인을 사서 마셨다.

그리고 돌아다니다가 생선을 구워주는 노점상이 있기에 거기서 한 마리 주문했다.

마지막 남은 하나를 내가 차지했다.

고등어처럼 생긴 등 푸른 생선이었는데 한 마리 통째로 구워줬다.

아, 맛있다.

역시 생선은 좋구나.

화이트와인도 싸고 맛있다.

행복하네.

아직 추운 날이 이어지고 있지만 추운 건 이제 슬슬 질린다. 역시 밖에서 먹는 게 기분 좋지.

이런 생각을 하며 먹고 있었는데, 어린 소녀를 목말 태운 남자가 다가와 "뭐 하나 물어봐도 될까요?" 하고 독일어로 내게 말을 걸었다.

그러자 이번에는 목말을 탄 소녀가 "내 이름은 ○○예

요." 하고, 독일어 선생님도 무색해질 정도로 알아듣기 쉽게 천천히 독일어로 말했다.

앗, 최근에 배운 말이다! 알아, 알아, 하고 마음속으로 기뻐 날뛰면서 나도 아주 천천히 내 이름을 댔다.

고작 그뿐이었지만 기뻤다. 너무너무 기뻤다.

독일 사람과 대화를 나눴다니!

기뻐서 눈물이 날 것 같았다.

취해서 들떴던 건지도 모른다.

뭐, 나중에 다시 생각해보니 소녀가 묻고 싶었던 건 내 이름이 아니라 '개 이름'이었지만.

독일어로는 7월이 Juli고 '유리'라고 발음하기 때문에, 여기서는 유리네가 유리로 통한다. 또는 팔콘.*

여하튼 하루에 1밀리씩이라도 창문이 점점 열리는 것 같아서 그게 하루하루의 기쁨이다.

오랜만에 하는 학생 생활은 힘들긴 해도 무척 충만하다.

어학원 분위기도 아주 좋고, 선생님도 멋지고, 같은 반 학생들도 좋은 사람들이다.

그리하여 금요일은 생선의 날로 정했다.

---

* 독일 영화 < 네버엔딩 스토리 >에 등장하는 행운의 용.

일주일 동안 애쓴 나에게 주는 포상이다.

다음에는 주먹밥과 간장을 들고 가야지.

봄이 왔다. 드디어 왔다!!

오늘은 정말 그런 생각이 드는 하루다. 다들 그렇게 느끼겠지.

모두 야외 테이블에서 먹고 마시며 날씨를 즐기고 있다.

왠지 밝은 곳으로 모여드는 벌레 같지만, 어제까지는 진짜 추워서(최고 기온이 10도 정도) 장갑이 필수였으니 그 기분도 진심으로 이해된다.

이대로 좋은 날씨가 이어지기를.

어학원 수업은 이제 정말 힘들다.

길을 걸으며 공책을 펴든 게 몇십 년 만인가!

하지만 그 정도로 노력하지 않으면 따라갈 수 없다.

어학원에 오는 사람들의 출신국은 아프리카, 아제르바이잔, 벨라루스, 브라질, 이탈리아, 멕시코, 페루, 사우디아라비아, 우즈베키스탄, 터키 등으로 다양하다. 일본인은 나를 포함해 세 명.

그나저나 다른 유럽어가 모국어인 사람들은 역시 이해가 빨라서 부럽다.

일본인인 나는 처음부터 뒤처져 있는 느낌이다.

수업은 전부 독일어로 진행되지만 미국인은 태연하게 영어로 질문한다.

그게 당연한 일처럼 되어 있다.

하지만 내가 만약 일본어로 질문을 한다면 빈축을 살 것이 틀림없다.

그 부분에서 이미 커다란 핸디캡을 느낀다.

그렇지만 그것을 마음에 둬봤자 어쩔 수 없다.

내 짝꿍이 된 페루인 여자는 스페인어를 하고 직업은 심리학자다.

오갈 때 전부 벤츠가 태워다주는 사우디아라비아 출신

청년은 햇병아리 의사라고 한다.

다들 다양한 이유로 어학원에 다니고 있다.

내가 처음 베를린에 온 것은 9년 전 봄이다.

취재 후반에 그날의 일을 끝낸 뒤 편집자들과 어딘가에 있는 아랍요릿집에 갔다.

뭘 먹었는지는 이미 잊었지만, 가게의 넓이와 분위기는 어렴풋이 머릿속에 남아 있었다.

가게 앞이 마침 비탈길이라서 나는 창문을 통해 그 길을 멍하니 바라봤다.

그때 어떤 여자가 자전거로 시원스레 비탈길을 내려갔다.

그 모습을 보고 '베를린은 자유가 넘치는 좋은 곳이구나.' 하고 느꼈다.

그 순간은 지금도 또렷이 기억한다.

지금까지 내내 '그 가게가 어디였더라?' 하며 궁금해했는데 오늘 알았다.

저녁에 유리네를 산책시키러 나갔다가, 저녁밥 만드는 게 귀찮아서 '근처에서 사 먹자.' 하고 처음으로 우리 아파트 지상층에 있는 아랍요릿집에 들어갔다.

그리고 확신했다.

9년 전에 왔을 때 '베를린은 좋구나.' 하고 생각했던 가게가 바로 거기였다.

요컨대 나는 지금 그 가게와 같은 건물에 살고 있다.

엄청나게 기적적인 일을 쓰고 있는데 잘 표현되지 않아서 답답하다.

하지만 정말 굉장한 일이다.

분명 이곳은 나에게 아주 좋은 장소겠지.

힘들어힘들어힘들어힘들어. 힘들어힘들어힘들어힘들어.

지금 내 머릿속은 이런 느낌.

어학원이 힘들어 죽겠다. 시간이 부족하다. 어학원 갔다가 집으로 돌아와서 예습과 복습을 하다 보면 다른 일을 아무것도 할 수 없다.

밥을 차릴 시간도 없다.

펭귄과 느긋하게 대화할 여유도 없다.

유리네와 산책하는 시간만이 유일한 숨구멍이다.

아마 나는 흰머리가 엄청나게 늘어 있을 것이다.

그래서 한 주의 수업이 모두 끝나는 금요일 오후 1시가 되면 만세를 외치고 싶어진다.

어학원 선택을 잘못했나 싶지만 이미 다니고 있으니 어쩔 수 없다.

여하튼 앞으로 두 달 동안은 이런 생활이 계속된다.

그래서 지난주 금요일 오후에는 같은 반 사람 몇 명과 함께 티어가르텐*에 있는 카페에 갔다.

왠지 '방과 후'라는 말의 울림이 향수를 자극한다.

어른의 방과 후라는 느낌일까.

호숫가 자리에서 맥주를 마시며 즐겁게 시간을 보냈다.

군데군데 갓 배운 독일어를 섞어봤지만 내가 하고 싶은 말이 좀처럼 전달되지 않아서 분했다.

어제는 한 학기를 마친 기념으로 반 사람들과 다 함께 비어 가든**에 모이기로 했다.

분명 모두가 참석할 수 있도록 시간을 정했는데, 착실하게 모인 건 여덟 명뿐이고 그중 넷이 일본인이었다.

---

* 베를린 중심부에 위치한 넓은 공원.
** 야외에 많은 테이블을 설치해 맥주 등을 제공하는 술집.

두둥실 천국 같은

"모이자." 하며 잔뜩 신이 나 있던 사람이 결국 오지 않아서 왠지 국민성을 엿본 느낌이었다.

일본인은 역시 정한 것을 잘 지키는구나.

아마 독일인이 있었다면 독일인도 착실하게 왔겠지.

모인 멤버끼리 선생님께 드릴 감사 카드를 썼다.

우리 모두 담당 선생님을 정말 좋아해서 다음에도 같은 분이 배정되기를 진심으로 바라고 있다. 하지만 유감스럽게도 선생님 본인조차 반을 스스로 정할 수 없는 모양이라서, 어쩌면 다음 달 수업부터는 다른 선생님께 배울지도 모른다.

참 그렇지. '과연 독일이구나.' 싶었던 사건이 있었다.

옆 반의 일본인 지인에게 들었는데, 놀랍게도 그 반은 학생들이 처음 배정받은 선생님을 자르고 다른 선생님으로 바꾸었다나.

서명을 모아서 탄원서 같은 형태로 어학원 측에 전하며 항의했고, 그게 통해서 다른 선생님으로 바뀌었다고 한다.

일본이었다면 아무리 선생님에게 불만이 있어도 그런 행동은 하지 않겠지.

하지만 선생님을 바꿀 권리랄지, 좋은 선생님에게 배울 권리는 학생 측에도 있으니 이런 일이 그리 드물지도 않은 모양이다.

비어 가든에서 나온 뒤 모두 함께 라멘을 먹으러 갔다.

인생 첫 라멘을 흠칫거리며 먹는 사람도 있어서 재밌었다.

신학기가 시작되었다.

이번 주부터 또 새로운 멤버로 배운다.

나를 포함해 지난번 반부터 이어서 수업을 듣는 멤버들
은 다음 단계로 넘어가지 않고 다시 한번 반복해서 같은
내용을 배우기로 했다.

같은 내용이라 해도 추가된 부분이 꽤 많아서 첫날부터
느긋하게 들을 수 없었지만.

이번 반에는 시리아에서 온 남자도 있다.

또 프랑스인 아저씨도 있어서 마음이 조금 놓인다.

지난번 반에서는 스테파니와 친해졌다.

스테파니는 미국에서 온 예술가인데 아주 멋진 작품을 만든다.

나처럼 베를린의 분위기에 반한 모양이다.

이번 반에서 함께하는 건 호주 멜버른에서 온 카미유다.

카미유와 나는 어째서인지 취향이 무척 비슷한데, 남편이 있다는 것, 개를 데리고 왔다는 것, 요리와 먹기를 좋아한다는 것 등 첫날 했던 자기소개 내용도 거의 같아서 웃어버렸다.

스테파니와 마찬가지로 카미유도 아주 매력적이다.

선생님은 다들 지난번과 같은 분이기를 기대했지만 새로운 분이 왔다.

하지만 이번 선생님도 굉장히 잘 가르치고, 운동선수 코치처럼 우리가 어떻게 하면 효율적으로 독일어를 습득할 수 있을지 진지하게 궁리해 알려준다.

독일어 어학원에 가면 나는 그야말로 '평범한 학생', 심지어 별로 잘하지 못하는 학생이다. 하지만 이 경험은 나에게 몹시 소중하다는 것을 통감한다.

일본에서 내가 얼마나 응석 부리며 지냈는지, 독일에

있으면 그 사실을 매일 느낀다.

솔직히 지금은 엄청나게 힘들지만 분명 내 인생에서 무엇과도 바꿀 수 없는 시간이 되겠지.

선생님이 숙제를 내면 "으아아." 하고 외쳐보는 등, 이 나이에 그런 경험을 또 할 수 있다니 너무나 행복한 일이다.

그나저나 내 돈으로 학원에 다니는 것과 부모님이 내준 돈으로 다니는 건 마음가짐이 완전히 다르다.

내 학창시절을 돌이켜보면 태연하게 수업을 빼먹지를 않았나, 정말 죄송했다며 반성한다.

지금은 스스로 수업료를 내니까 '절대로 지각하거나 빼먹지 않겠어!' 하고 다짐한다.

개근상을 노리고 싶었지만, 내일부터 취재차 라트비아에 가야 한다.

어학원은 이틀 정도 빠질 예정.

이제부터 유리네를 반려견 미용실에 맡기러 가고, 그다음에는 내일 수업을 위한 예습과 숙제를 해야 한다.

하지가 다가오고 있어서 지금은 이미 저녁 8시 반이 다 되었지만 아직 하늘이 밝다.

분명 라트비아는 해가 더 길겠지.

라트비아는 이번이 세 번째다.

어떤 만남이 기다리고 있을까.

하지가 지나 이제부터는 또 조금씩 해가 짧아져 겨울을
향해 간다고 생각하면, 유럽의 여름은 정말이지 순식간이
라는 것을 실감한다.

그해의 상황에 따라 달라지기도 하지만, 대체로 8월이
되면 슬슬 경치가 가을다워지니 여름은 앞으로 한 달 남
짓이다.

지금 햇볕을 잔뜩 쬐어둬야지.

태양이 조금이라도 얼굴을 내밀면 즉시 밖으로 나가 일

광욕을 하는 사람들의 마음을 지금은 절실히 이해한다.

　그만큼 겨울이 혹독한 거겠지.

　추운 것보다 어두운 게 여하튼 타격이 더 큰 모양이다.

　에스토니아는 이번에 처음 가봤는데 부드럽고 여성적인 나라였다.

　에스토니아는 발트 3국 가운데 가장 북쪽에 있는 나라로, 발트해를 사이에 두고 바로 위에는 핀란드가 있다.

　핀란드에서는 페리로 가뿐히 갈 수 있는데, 그만큼 거리상으로도 문화적으로도 무척 가깝다.

　핀란드와 가까운 만큼 라트비아보다 '도시'라고 할 수 있을지도 모른다.

　에스토니아, 라트비아, 리투아니아는 역사적으로 봐도 상당히 관계가 깊은 운명공동체고, 문화적으로 봐도 춤과 노래를 사랑하는 등 아주 가까운 관계다.

　나는 아직 이 세 나라의 미묘한 차이를 잘 설명하지 못하지만, 확실히 분위기는 조금씩 다른 듯한 느낌이 들었다.

　그리고 운명공동체면서도 이들 세 나라끼리 약간의 라이벌 의식을 지니고 있다는 게 아주 재미있는 발견이었다.

　에스토니아에서는 스파 호텔에서 하룻밤 묵었다.

　그 호텔에는 해수 풀장이 있는데, 거기서 둥실둥실 떠

두둥실 천국 같은

있었던 시간을 아직도 잊을 수 없다.

처음에는 평범한 풀장인 줄 알고 들어갔지만 묘하게 몸이 떠오르고 입안으로 들어온 물이 꽤 짜서 바닷물이라는 것을 알았다.

몸 아래에 튜브를 받치면 몸이 완전히 떠오른다.

물속에 귀를 담그면 소리도 차단되어 지금까지 내가 있던 세계가 멀어져간다.

눈을 감고 그저 흐름에 몸을 맡기며 떠 있으면, 점점 내가 어디에 있는지조차 알 수 없어져서 왠지 우주 공간에 두둥실 떠 있는 듯한 기분이 든다.

엄마 배 속에 있을 때도 분명 이런 느낌이었겠지, 그렇게 상상했더니 눈물이 났다.

아마도 이 '두둥실'은 그때 이후 첫 경험일 것이다.

기분이 너무나 좋아서 영원히 그렇게 있고 싶었다.

그 시간을 또 한 번 맛보기 위해서라도 에스토니아에 다시 가고 싶다고 생각할 정도다.

누군가가 커다란 팔로 안아 올려주는 듯한 감각은 이제까지 느껴본 적 없는 신비로 가득했다.

할 수만 있다면 지금 당장 그 해수 풀장으로 돌아가고 싶다.

바다였다면 파도가 쳐서 그런 느낌은 안 들었을 것이다.

에스토니아와 라트비아를 여행하고 돌아왔더니 독일어를 완전히 잊어버려서 슬펐지만 어쩔 수 없다.

여하튼 외국어가 그렇게 간단히 습득될 리 없으니, 두 걸음 전진하면 한 걸음 후퇴한다 치고 착실하게 꾸준히 공부해나가는 수밖에 없다.

7월과 8월에는 어학원을 쉴 예정이라서 나로서는 일단락이 맺어진 셈이다.

엊그제는 친구들을 초대해 우리 집에서 포틀럭 파티를 열었다.

그런 모임을 부담 없이 가질 수 있다는 게 베를린의 장점이다.

손님은 어린이를 포함해 다섯 명.

그렇게 많은 인원을 불러본 적도 없고 슬리퍼와 식기도 부족해서 처음에는 조금 불안했지만 어떻게든 되는 법이다.

라트비아에서 사 온 훈제 소시지는 크게 호평받았고, 친구가 집에서 만들어온 월남쌈은 사진 찍는 것을 깜빡할 정도로 맛있었다.

나는 일본에서 가져온 말린 국화를 물에 불려 그것으로

호두무침을 만들어 내어봤다.

그밖에도 달걀조림, 깍지완두볶음, 감자튀김을 만들었다.

역시 누군가에게 요리를 만들어 대접하는 건 행복한 일이다.

어학원에 다니는 동안에는 정말이지 내가 먹을 식사도 제대로 만들지 못해 펭귄이 보내준 인스턴트 된장국에 의지할 정도였으니, 이번에 마음껏 스트레스를 해소할 수 있었다.

참, 파티 도중 음악이 들려와 손님 중 누군가가 신경 써서 틀어줬나 했는데, 바깥의 맞은편 공원 한구석에서 뮤지션이 라이브를 하고 있는 것이었다. 마치 우리를 위해 연주하는 듯해서 기뻤다.

내일 파리에 가는 사람이 있어서 일찍 시작하자며 오후 5시부터 모였지만, 결국 자정이 다 되도록 계속 먹고 마시며 떠들었다.

처음 만난 일본의 현대미술가 다바이모 씨와도 왠지 오래전부터 알고 지낸 사이처럼 이야기를 나눌 수 있었다.

완전히 다바이모 씨의 팬이 되고 말았다.

그리고 이날은 유리네의 생일이기도 했다.

세 살이 된 유리네는 모두가 돌아가며 안아줘서 아주 만족스러워했다.

　분명 먼 미래에 돌아보면 나는 지금 엄청나게 소중한 나날을 보내고 있는 거겠지.

　이렇게 모두가 음식을 들고 훌쩍 모일 수 있는 베를린은 역시 좋은 동네다.

　주말에 조금 재밌는 일이 있었다.

　비가 와서 유리네를 집에 두고 근처 가게에 물건을 사러 갔을 때의 일이다.

　가게에 들어가니 안쪽에서 하얀 개가 나왔다.

　순간적으로 '왜 유리네가 여기 있지?' 하고 생각했다.

　그만큼 닮았던 것이다.

　그 개는 다른 손님이 데려온 반려견이었다.

"나도 개를 키우는데, 당신 개랑 똑 닮아서 깜짝 놀랐어요!"라는 뜻을 전하자 "이름이 뭐예요?" 하고 물어왔다.

"유리네예요"라고 대답했더니 잠시 생각하다가 "아, 당신 개 알아요!" 하며 스마트폰 화면을 휙휙 넘겨 사진 한 장을 보여줬다.

순간 어느 쪽이 유리네인지 알 수 없었다.

하지만 자세히 보니 확실히 그중 하나가 유리네였다. 코가 살짝 진분홍색이고 다리가 조금 짧은 쪽이 유리네다.

우리가 같은 미용사에게 개 미용을 맡긴다는 사실이 판명되었다.

얼마 전 그 사람이 자기 개의 털을 손질하려 미용실에 데려갔는데, 마침 유리네도 거기에 있었던 것이다.

아마 내가 취재차 라트비아와 에스토니아에 갔을 때겠지.

신기한 인연이었다.

메일 주소를 교환하자 나한테도 사진을 보내줬다.

정말 닮았다.

똑 닮은 친구다.

그 사람의 개는 파샤라는 이름의 수컷이다.

하지만 "약간 거칠긴 해도 다정한" 성격은 그야말로 유리네와 똑같다.

다음에 함께 산책시키기로 했다.

재미있는 일도 다 있구나.

어제는 가랑비가 내리는 가운데 또 숲과 호수에 다녀왔다.

지난주 내내 비가 와서 산책다운 산책을 거의 하지 못했기 때문이다.

비옷을 입고 걷는 숲은 역시 상쾌했다.

그런데 예기치 못한 생명체를 마주쳤다.

믿기 어렵게도 숲에 멧돼지가 있었던 것이다.

'기분 좋다' 생각하며 걷던 중 반대쪽에서 걸어오던 가족이 알려줬다.

개에게 리드줄을 채우는 편이 좋다고 해서 허겁지겁 유리네에게 줄을 연결했다.

긴장한 채 걷다 보니 확실히 토실토실 살이 찐 멧돼지가 땅을 헤집고 있었다.

엄청난 박력이다.

유리네는 무서운 게 없는 하룻강아지 같은 면이 있어서, 그대로 리드줄을 풀고 걸었다면 멧돼지에게 다가가 위험한 상황에 놓였을지도 모른다.

　멧돼지 목격 정보는 '말 전달하기 게임'처럼 마주치는 사람들 사이에서 공유되었다.

　그 말을 전하는 사람들이 왠지 모르게 다들 조금 흥분되고 기뻐 보였던 것이 또 재밌었다.

　베를린 근교의 숲에는 아직 늑대가 산다고 듣기도 했으니 멧돼지가 있어도 이상하지 않다.

　나도 멧돼지를 만났다는 이야기를 조금 흥분해서 주위 사람들에게 퍼트리고 있다.

　그나저나 역시 똑 닮았네.

같은 아파트 주민들로부터 연달아 두 가지 부탁을 받았다.

지상층(우리가 말하는 1층)에는 대체로 가게나 식당이 들어와 있는 경우가 많고, 내가 지금 사는 아파트에도 액세서리가게가 입점해 있다.

그 가게의 주인이 나에게 말을 걸었다.

손에 종이 한 장을 들고 있었다.

아무래도 일본에서 상품을 샀는데, 페이팔 결제가 안 되어서 일본으로 돈을 어떻게 송금하면 좋을지 몰라 곤란한 모양이었다.

　나도 경험이 있지만, 일본에서 해외로, 또는 해외에서 일본으로 돈을 보내려면 수수료가 엄청나게 붙는다.

　그 사람이 지불하려는 금액은 100유로.

　그 돈을 내가 가지고 있는 일본 은행 계좌를 이용해 이체해줄 수 있겠냐는 것이었다.

　해보니 간단한 일이었다.

　내 계좌에서 100유로에 해당하는 일본 엔화를 상대 일본인의 계좌로 송금하기만 하면 되었다.

　우연히 같은 은행 계좌여서 수수료도 안 들었다. 잘됐다, 잘됐어.

　가게 주인은 늘 내 앞으로 오는 택배(다른 주민에게 오는 택배도 전부)를 맡아준다.

　언제나 신세만 지기 때문에 나도 도움을 줄 수 있어 기뻤다.

　그리고 또 한 건.

　얼마 전 아파트 앞 정류장에서 트램을 기다리던 중 어떤 남자가 말을 걸어왔다.

자신도 나와 같은 아파트에 산다고 했다.

일본 회사에 이력서와 작품을 보내고 싶은데, 모르는 일본어가 있어서 가르쳐줬으면 한단다.

뒷날 서류를 보여줘서 봤더니 스튜디오 지브리 채용 응시에 관한 것이었다.

미야자키 하야오 감독이 장편 애니메이션을 제작하기 위해 스태프를 모집하는데, 그는 거기에 응시하고 싶은 것이다.

이런 이역만리에도 응시 희망자가 있다니, 대단한 일이다!

분명 험난한 길이겠지만 최대한 그를 응원하고자 서류 쓰는 방법 등을 가르쳐줬다.

두 부탁 다 사뭇 베를린답다고 느꼈다.

아주 작은 협력과 도움으로 기분 좋게 살아갈 수 있는 것이다.

지난 주말은 축제 날이었다.

DJ가 와서 공연을 하고 곳곳을 풍선으로 장식하는 등 흥겨운 분위기였다.

우리 아파트 중정에서도 아이들이 벼룩시장을 열었다.

자신들에게 이제 필요 없어진 책과 봉제인형, 장난감, 신발 등을 헐값에 내놓았다.

베를린에 있으면 이런 광경을 자주 본다.

물건을 낭비하지 않고, 자신이 안 쓰게 된 물건도 누군가 다른 사람에게 넘겨서 사용하게끔 한다는 사고방식은 베를린 사람들 사이에 단단히 뿌리내려 있다.

뭐든 쉽게 버리는 일본인과는 물건에 대한 감각이 다른 거겠지.

어릴 때부터 이런 감각이 몸에 배는 건 무척 좋은 일이라고 언제나 생각한다.

어제는 금요일이라서 집 근처 광장에 생선을 먹으러 갔는데 이미 다 팔리고 없었다.

어쩔 수 없이 가볍게 먹을 만한 터키 요리를 사서 화이트와인과 함께 먹었는데, 도중에 하늘이 점점 어두워지더니 장대비가 내렸다.

천막 아래에 있었던 덕분에 쫄딱 젖는 건 면했지만, 결국 셔츠가 축축해져서 비참한 몰골이 되었다.

비가 오면 어른인데도 신발을 벗고 맨발로 걷는 사람들을 종종 본다.

이 역시 베를린만의 풍경이다.

우체국에 가서 우표를 샀다.

"85센트짜리 우표를 서른 장 주세요." 하고 변변찮은 독일어로 두근두근 말해봤다.

통했다! 아무리 더듬거리고 틀리더라도 말을 안 하면 실력 역시 안 느니까 집 밖으로 나오면 되도록 독일어를 쓰려고 한다.

우표를 사고 돌아오는 길에 신호를 기다리다 재채기를

두둥실 천국 같은

했더니 내 뒤에서 누군가가 "게준타이트Gesundheit*!"라고 말하는 소리가 들렸다.

그렇다, 독일에서는 누가 재채기를 하면 이렇게 말한다고 어학원에서 배웠다.

수업에서는 연습했어도 실생활(?)에서 들은 것은 처음이었다.

말뜻을 알아들어서 은근히 기뻤다.

나도 누가 재채기를 하면 즉시 말할 수 있게 되고 싶다.

그런 소소한 것에서도 커뮤니케이션이 생겨난다.

어제는 생선을 먹는 날이었다.

저녁에 설레는 가슴으로 마르크트에 갔더니 세상에, 지난주에 이어 이번 주도 생선이 다 팔리고 없었다.

역시 낮에 가지 않으면 못 사는 모양이다.

실망하고 있었더니 노점상 아저씨가 "지난주에도 왔죠?"라고 했다. 들켰다.

마음을 가다듬고 채소가게에서 채소를 구경했다.

양파를 사고 싶어서 "츠바이벨 있어요?"라고 묻자 가

---

* 독일어로 "몸조심하세요"라는 뜻.

게 아주머니가 고개를 갸웃거렸다.

"슈파겔Spargel 말인가요?" 하고 되묻는다. 슈파겔은 아스파라거스고 아스파라거스 철은 이미 지났다.

"아뇨, 어니언인데요"라고 했더니 그제야 웃으며 "츠비벨." 하고 발음을 고쳐줬다.

맞다, 양파는 츠비벨Zwiebel이었다.

나는 ie를 ei로 잘못 발음한 것이다.

그래도 이로써 양파라는 단어는 똑똑히 외웠다.

이런 게 살아 있는 독일어 교실인지도 모른다.

틀리는 것을 두려워하지 말고 직접 써봐야 하는구나, 그렇게 반성했다.

오늘은 오랜만에 좋아하는 카페에 갔다.

커피를 주문해 마시고 있을 때 어떤 여자가 시바견을 데리고 들어왔다.

'일본 사람인지도 몰라.' 하고 생각하며 말을 걸어보니 역시 일본인이었다.

그는 음악을 하러 베를린에 왔고 벌써 15년째 여기서 살고 있다고 한다.

도중에 전화가 왔는데 독일어로 술술 말하는 것을 듣고

존경심이 생겼다.

"대단하시네요!" 하고 칭찬하자 "왔을 때는 한 마디도 못 했어요"라며 의외의 대답을 했다.

아무튼 매일매일 공부했다고 한다.

커피를 마시며 개 이야기로 흥이 올랐다.

"개로 태어난다면 꼭 독일에서!"라는 그의 의견에 나도 전적으로 동의한다.

그가 데려온 시바견은 척 봐도 '사랑을 듬뿍 받고 있어요.' 하는 평온한 표정을 짓고 있었는데, 시바견이 있다는 사실만으로 왠지 그곳이 일본처럼 느껴지는 게 신기했다.

여기는 정말로 개가 행복한 곳이다.

즐겨 찾는 카페가 같다는 것만으로 가치관을 공유할 수 있는 게 좋다.

"이 카페는 공기가 동글동글하죠?"라는 표현, 가슴에 딱 와닿는다.

"또 여기서 만나요." 하며 헤어졌다.

어제 마르크트에서 양파를 산 건 니쿠자가*를 만들기 위해서였다.

지금 오랜만에 큰 냄비로 니쿠자가를 만들고 있다.

그렇다. 오늘은 펭귄이 베를린으로 돌아오는 날이다.

집에 오면 곧바로 먹을 수 있도록 주먹밥과 니쿠자가를 만들었다.

그리고 유리네와 나는 이제부터 서프라이즈 이벤트로 공항까지 마중을 간다.

거의 석 달 만이다.

유리네는 어떤 반응을 보일까.

* 소고기나 돼지고기, 닭고기 등을 감자, 양파, 실곤약 등과 함께 볶은 후 간장, 설탕, 맛술로 조리는 일본의 가정 요리.

두둥실 천국 같은

주말을 이용해 라트비아에 다녀왔다.

바로 지난달에도 갔다 왔지만 모처럼 펭귄도 합류했고, 어딘가에서 느긋하게 지내고 싶다고 생각했을 때 가장 먼저 머릿속에 떠오른 게 라트비아였다.

라트비아는 여태까지 세 번 방문했는데 전부 일 때문에 간 것이었다.

어디를 가든 유능한 통역사가 붙어 있었고 이동도 차로 편하게 했지만, 평범하게 관광하러 가면 어떤 느낌일지 궁금했다.

평범한 관광객의 시선으로 라트비아를 한번 방문해보고 싶었던 것이다.

베를린에서는 라트비아의 수도 리가로 가는 직항 편이 있다.

소요 시간은 1시간 40분.

도쿄에서 규슈로 가는 느낌으로 훌쩍 떠날 수 있다.

유럽에 있으면 이런 식으로 휙 하고 다른 나라에 가서 주말을 보낼 수 있다는 점이 좋다.

이번 여행의 목적은 오로지 느긋하게 지내는 것.

그리고 장보기.

지난번에 사 온 베이컨과 소시지가 너무나 맛있어서 금세 다 먹어버렸기 때문에, 이번에는 처음부터 그것을 살 목적으로 만반의 준비를 하고 나섰다.

마침 우리가 가는 날이 주말이고 토요일에 재래시장이 열리니까 거기서 사려고 계획을 짰다.

펭귄은 라트비아에 가는 것이 처음이다.

나한테 단편적인 이야기를 듣긴 했지만 아무래도 역시 상상이 잘 안 되었던 모양이다.

리가에 도착한 첫날은 몇 번이나 "유럽이네. 정말 유럽이야." 하고 거듭 중얼거렸다.

그때마다 "그렇다고 했잖아!"라는 나.

라트비아를 비롯한 발트 3국은 지리적으로도 북유럽에 속하고, 길거리나 사람들에게서 풍기는 분위기도 틀림없는 유럽이다.

오랫동안 구소련이 점령했던 탓에 공산권의 그림자는 분명 남아 있지만, 유럽의 북쪽 끝이라고 봐도 틀리지 않는다.

펭귄은 라트비아 음식이 아주 맛있다는 것도 직접 와서 먹어보고 겨우 이해한 모양이다.

어느 식당에 가든 피시 수프가 있어서, 매 끼니 주문해 맛을 비교할 수 있었다.

바다가 가까우니 베를린에서는 여간해서 먹을 수 없는 생선이 풍부하다.

호밀빵도 물론 맛있고 맥주 또한 무척 훌륭하다.

일로 오면 늘 마음이 급하니까 이번만큼은 호텔 방에서

느긋하게 쉬기도 하며 아주 사치스러운 시간을 보냈다.

　일요일은 야외 민속박물관에도 다녀왔다.

　지난달에 민예품 시장이 열린 곳이다.

　라트비아 전역에 있던 오래된 민가를 드넓은 숲에 옮겨지었는데, 내가 간 날에는 빵 축제가 열리고 있었다.

　날씨도 좋아서 숲 산책을 즐기며 중간중간 빵 시식을 한 즐거운 일요일이었다.

　리가를 방문하는 분은 꼭 야외 민속박물관에 가보세요.

　정말 근사한 곳이니까요.

　월요일 밤에 돌아와 그날 중에 소시지와 베이컨과 구운 돼지고기를 잘게 나눠 냉동했다.

　이로써 당분간 식생활은 문제없다.

　겉보기에는 전부 거무죽죽하다.

　그래도 정말 맛있다!

　베이컨이나 소시지는 독일이 본고장이라고 생각했건만 아니었다. 내 입맛에는 라트비아 것이 더 맛있다.

　어쨌거나 옛날 제조법 그대로 꼼꼼하게 훈제했고 첨가

물도 전혀 없다.

독일에도 여러 가지 베이컨과 소시지가 있지만 그런 것과는 근본적으로 다르다.

이번에 펭귄도 처음 먹어봤는데 너무나 맛있다며 놀라워했다.

그렇게 많이 사 왔지만, 또 금세 다 먹어치울 것 같다.

펭귄이 구운 돼지고기로 얼른 볶음밥을 만들어줬다.

최고다!

떨어져 지낸 석 달 동안 펭귄의 볶음밥이 얼마나 그립던지.

당분간은 볶음밥을 먹을 수 있다고 생각하면 웃음이 절로 난다.

지금 임대해서 지내는 집 앞에 있는 공원은 옛날에는 포도밭이었다고 하는데, 그래서 그런지 그 구획 전체가 완만한 언덕 같은 지형이다.

언덕 중턱에는 오래된 교회가 있고 그 주위를 한 바퀴 빙 도는 것이 유리네의 산책 코스다.

저녁에 나가서 산책이 끝날 때쯤 교회 앞 카페로 가는데, 거기서 맥주 한 잔 마시고 집으로 돌아오는 게 우리의 루틴이 되었다.

교회가 보이는 바깥 자리에서 상쾌한 바람을 맞으며 맥주를 마시면 마음속 깊이 행복한 기분이 든다.

어제는 8월 15일이었다.

일본인에게는 특별한 날도 베를린에 있으면 그저 평범한 날이라는 게, 알고는 있지만 조금 신기하다.

그러나 독일과 일본은 전쟁을 대하는 자세에서 큰 차이가 있다.

베를린에서 지내다 보면 전쟁 가해자로서의 흔적과 피해자로서의 흔적이 양쪽 다 남아 있으니 잊을 새가 없다고 해야 할까, 잊을 틈이 없다고 해야 할까.

이 정도로 빈번하게 그 흔적들이 눈에 들어오면 잊으려 해도 잊을 수 없다.

전쟁으로 인해 무수한 사람들이 상처 입고 무수한 사람들이 희생되었다는 사실이 일상생활 속에 녹아들어 있다.

내가 유리네를 데리고 자주 가는 그뤼네발트역은 예전에 수많은 유대인들을 수송열차에 태워 수용소로 보낸 곳이다.

그 당시 이용한 17번 플랫폼이 지금도 남아 있는데, 거기에는 언제 유대인 몇 명을 어디로 보냈는지 기록한 어마어마하게 많은 금속판이 있다.

슈톨퍼슈타인Stolperstein*도 마찬가지여서, 나치스 정권 아래 학살된 사람들의 이름과 생일, 기일, 그리고 죽은 장소를 가로세로 10센티짜리 놋쇠 판에 한 사람당 하나씩 각인해 그들이 예전에 살던 집 앞 포장도로에 심어 놓았다.
어제 산책할 때 의식하며 수를 세어보았더니 그 짧은 거리에도 슈톨퍼슈타인이 여섯 개나 있었다.
외출했을 때 슈톨퍼슈타인을 마주치지 않는 날은 없다.
그때마다 전쟁이 뇌리를 스친다.

일본인 다섯 명 중 네 명은 전쟁을 모르는 세대라는 것을 신문에서 읽었다.
그래서 어제는 내 할머니와 할아버지가 72년 전 오늘을 어떤 기분으로 맞이했을지 의식적으로 상상해봤다.
일본에서 가져온 말린 고비를 볶고 팥을 삶았다.
'72년 전에는 이것이 분명 진수성찬이었겠지.' 생각하며

* 독일어로 '걸림돌'이라는 뜻.

펭귄과 먹었다.

　작년까지는 보이지 않던 풍경이 올해는 보인다.

　독일살이의 어려움도 요 몇 달 동안 크게 맛봤다.

　간단히 말하자면 그건 권리와 의무인지도 모른다.

　같은 패전국이라도 지난 72년 동안 어떤 태도로 지내왔
는지에 따라 앞으로 더더욱 차이가 벌어질 것 같다.

　이제 두 번 다시 비참한 전쟁이 일어나지 않기를 기도
할 뿐이다.

　8월도 중순이 지나면 베를린에는 슬슬 가을 기운이 감
돈다.

　중정의 큰 나무가 조금씩 노란색을 띠어간다.

마침내 도전했다.

뭔가 하면, 자전거 도전이다. 지금까지 내내 자전거에는 손을 대지 않았다.

독일의 자전거족은 빠르게 달리는 사람이 많아 그간 무서워서 꽁무니를 빼고 있었던 것이다.

일요일 이른 아침, 역에서 친구 두 명과 만나 목적지로 출발하기로 했다.

두둥실 천국 같은

내 가슴은 역에 도착하기 전부터 이미 쿵쿵 뛰고 있었다.

엘리베이터는 있는지, 전철에서는 자전거를 어디에 실으면 되는지, 자전거용 티켓은 어떻게 사야 하는지, 모르는 것투성이였다.

나는 자전거가 없어서 근처에서 대여했다.

S반S-Bahn역에서 친구들을 무사히 만나 이번에는 전철로 갈아타고 1시간 20분을 갔다.

작년부터 쭉 가고 싶었던 주말 카페가 목적지다.

일부러 자전거를 가지고 온 데는 이유가 있다.

그곳의 전철역에서 카페까지는 14킬로미터인데, 택시도 없고 버스도 예약제라서 인원이 차지 않으면 운행을 안 한다니 거기에 기댈 수 없었다.

걸어갈 수 있는 거리가 아니므로 베를린에서 자전거를 가져가는 것이 확실한 방법이었다.

작년에 가려고 했을 때는 동네 사람 가운데 역에 볼일이 있는 이가 있으면, 우리를 차에 태워달라고 카페 주인이 부탁한다는 것이었는데, 결국 태워줄 사람을 찾지 못해 단념했다.

그 역에는 자전거를 빌리는 곳도 없다고 한다.

역에 내리자 비로소 이해가 갔다.

거기가 정말 역이 맞는지 의아할 정도로, 아무도 없는 벌판이 플랫폼이라서 하마터면 못 내릴 뻔했다.

미리 알아본 바로는 카페까지 자전거로 45분 걸린다고 했다.

숲속을 가로지르는 길은 무척 기분 좋았다.

공기가 피부로 슥, 하고 스며들었다.

엄청난 속력으로 앞질러 가는 자동차는 좀 무서웠지만, 어쨌거나 다들 체력이 고만고만해서 안전운전으로 중간중간 쉬어가며 목적지를 향해 갔다.

예상 밖이었던 건 길의 경사였다. 독일은 분명 평탄한 지형일 텐데, 비탈길을 올라갔다가 내려가고 또 올라가는 것의 반복이었다.

바퀴를 굴리는 게 힘들어지면 자전거에서 내려 걸어가며, 여하튼 무리하지 않고 다양한 경치를 즐기며 사이클링을 했다.

당나귀를 만나고, 백조와 마주치고, 들판의 꽃을 보고, 크게 소리치고.

두둥실 천국 같은

그때마다 자전거를 세우고 잠깐 쉬었다.

얼마나 즐거운 여름 소풍인지.

쉬엄쉬엄 간 탓도 있어서 결국 목적지인 카페에 도착하자 역에서 출발한 지 2시간 가까이 지나 있었다.

그래도 45분은 절대 불가능한 시간이다.

상당히 빠른 독일인의 속력으로 계산한 시간일 것이다.

카페는 정말 예뻤다.

일본인이 주말에만 운영하는 카페인데, 군침 도는 케이크가 잔뜩 진열되어 있어서 기분이 좋아졌다. 셋이서 와인을 마시고 카레를 먹고 케이크와 커피로 마무리했다.

독일인 손님도 많이 와 있었다. 그림 속 풍경처럼 평화롭고 멋진 장소.

숙박도 할 수 있다는 것 같아서, 다음에는 묵고 가는 일정으로 와서 느긋하게 놀고 싶다는 얘기를 나눴다.

병설된 갤러리에서 일본 작가의 작품을 전시하고 있기에 나는 나무 접시를 샀다.

좋은 기념품이 되었다.

다시 자전거를 타고 왔던 길을 부지런히 되돌아갔다.

왕복 28킬로미터의 사이클링이다.

그 역이 정말 카페에서 가장 가까운 역인가 싶어서 다시 확인해봤는데, 역시 틀림없었다.

돌아가는 길에 호숫가를 지날 때 웬 아주머니가 호수에서 발가벗은 채 나왔다.

독일에는 누드 비치가 제법 많다.

나체로 헤엄치면 분명 기분 좋겠지.

집으로 돌아가는 전철을 보고 깜짝 놀랐다.

오는 길에는 널렀던 자전거 싣는 칸이 가는 길에는 빽빽하게 차 있었던 것이다.

어찌어찌 우리 일행의 자전거를 빈틈에 끼워 넣었다.

빈 좌석도 없어서 일본의 만원 전철처럼 서서 돌아갔다.

하지만 왠지 모르게 흥분해 있었기 때문에, 그것도 그리 피곤하지 않았다.

자전거가 대여한 물건치고는 괜찮았고, 몸에 잘 맞아서 편했던 건지도 모른다.

누구 하나 상처도 없이 무사히 베를린으로 돌아온 것을

두둥실 천국 같은

축하하며 맥주로 건배했다.

아, 행복해라.

올해는 자전거 도전을 해냈으니 내년 목표는 캠핑 도전으로 하자!

자전거로 도구를 운반해 숲에서 캠핑하는 것도 꿈은 아니다.

함께 간 친구 하나는 이번 여름에 전철로 덴마크의 섬까지 갔는데, 거기서 빌린 자전거로 일주일 정도 그 섬을 여행했다고 한다.

이번 소풍을 통해 이동 수단에 자전거가 추가되면 세계가 확 넓어진다는 사실이 판명되었다.

음, 나도 마침내 자전거를 사는 걸까?

지금 진지하게 고민 중이다.

　여름 소풍 이후 눈 깜짝할 사이에 시간이 흘러 지금은 가을이다.

　유럽의 여름은 정말 짧다.

　공원 나무들은 벌써 단풍이 들기 시작했고, 나는 지난 주부터 장갑의 도움을 받고 있다.

　그렇게 얇은 옷을 입고 다니던 베를리너들이, 문득 살펴보자 완벽한 방한 복장으로 길을 걷고 있었다.

여름 소풍 뒤에 일본에서 논논이 놀러 와 함께 이탈리아에 갔고, 그 후로 하루하루가 바쁘게 지나 정신 차리고 보니 오늘이 벌써 독일 총선거일이다.

나한테는 독일 선거권이 없지만, 이 나라의 선거는 내 생활과 완전히 직결된다.

전에는 선거 결과에 따라 마음 편히 베를린에서 지내지 못하게 될 상황이 생길 수도 있다고 생각했지만, 지금은 '뭐, 괜찮겠지'라는 게 대개의 예상이다.

작년의 미국 같은 결과는 나오지 않겠지.

봄에 독일어 어학원을 다니며 일단 놀란 점은 메르켈 총리의 이름이 자주 등장한다는 것이었다.

"앙겔라 메르켈은 독일의 총리이며 과학자입니다"라는 독일어 문장은 거의 첫날에 배웠고, "앙겔라 메르켈은 커피에 설탕과 우유를 듬뿍 넣습니다"라는 문장을 만드는 연습을 하거나 엘리베이터에 단둘이 남겨진다면 누구랑 있겠냐는 질문에 메르켈 총리의 이름이 나오는 등 여하튼 모두에게 사랑받는다는 것을 피부로 느꼈다.

그는 '엄마Mutti'라는 애칭으로 불린다.

전 세계에서 온 어학원의 같은 반 사람들이나 일본인 친구들에게서도 "메르켈이 총리라서 독일이 좋아"라거나 "메르켈이 총리라서 독일에 왔어"라는 말을 심심찮게 들었다.

나도 마찬가지다.

당연한 것을 정정당당하게 똑바로, 명확히 말해주는 메르켈 총리는 내가 존경하는 인물이다.

온 세상에 고개를 갸웃거리게 만드는 정치가가 많아지고 있는 지금, 메르켈 총리처럼 올곧은 정의감으로 옳은 소리를 해주는 사람은 너무나 귀하다.

실은 지금 임대한 아파트의 옆 건물이 메르켈 총리가 이끄는 독일 기독교민주연합CDU의 행사장 같은 장소로 쓰이고 있어서, 선거전이 시작된 지 얼마 안 되었을 때 그가 온 적이 있다고 한다.

우리 아파트 지상층에 있는 아랍요릿집에도 들렀던 듯, 가게 주인이 그때의 사진을 즉시 걸어두었다.

물론 사람들의 의견은 다양하니 메르켈 총리를 지지하지 않는 이도 당연히 있겠지만, 그래도 국민 다수가 메르켈을 지지하는 독일이라는 나라는 역시 멋지다. 그렇게 자신들이 선택한 총리에 자부심을 가질 수 있다는 건 매우 행복한 일이라고 생각한다.

돌아보면 일본은 어떤가?

독일 사람들은 자신들이 메르켈 총리를 선택했다는 의식을 강하게 가지고 있지만, 일본은 정치가와 국민 사이에 벽이 존재한다. 분명 국민에게 뽑힌 정치가가 어째서인지 거만한 시선으로 국민을 내려다보는 것을 나는 도무지 이해할 수 없다.

오늘 독일의 총선거는 투표율이 어느 정도 나올까?

나는 다음 일본 선거부터 독일에 있어도 투표할 수 있게 되었다.

반드시 투표할 거야, 하며 벌써 씩씩대고 있다.

메르켈 총리, 오늘은 옆 건물에 안 올까?

그를 만나고 싶다.

종종 창문으로 바깥을 내다보며 상황을 살펴본다.

그리고 나는 내일 일본으로 돌아간다.

야호, 대략 반년 만에 일본 공기를 마실 수 있다.

유리네와 펭귄은 베를린에서 사이좋게 집을 지킬 예정이다.

일본에 도착해 비행기에서 나오자마자 소면이 먹고 싶었다.

쓰유*에 찍어 먹는 차가운 소면.

그러고 보니 베를린에서 소면을 먹은 것은 딱 한 번뿐이다. 게다가 차갑지 않고 따뜻하게 만든 소면이었다.

역시 소면은 일본 기후에 맞는 음식이구나.

* 간장에 여러 조미료를 더한 국물.

반년 만에 온 일본. 공기가 부드럽게 느껴졌다.

잠자리를 보고 '와, 일본이구나.' 하고 감동했다.
베를린에서는 잠자리를 본 기억이 없다.
어딘가에는 있을지도 모르지만.

잠자리뿐만 아니라 나비나 매미도 거의 보이지 않았다.
그래서 '세미시구레蟬時雨*' 같은 단어는 듣기만 해도 황홀해진다.
기나긴 가을밤의 벌레 소리는 정말이지 일본에서만 느낄 수 있다.

한동안 못 먹어서 입맛이 당기는 음식은 초밥 같은 것보다 두부가게의 유부, 동네 식당에서 파는 멘치카츠**나 크로켓 같은 것들이다.
하지만 이번에는 상점가를 한가롭게 거닐 시간이 거의

---

* 수많은 매미가 일제히 우는 소리를 빗소리에 비유한 단어. '세미'는 매미, '시구레'는 늦가을부터 초겨울에 걸쳐 오다 말다 하는 비를 뜻한다.
** 돼지고기나 쇠고기를 다진 것에 양파, 소금, 후추 등을 섞어서 뭉치고 튀김옷을 입혀 튀긴 일본 요리.

없었다.

그래서 유부와도, 멘치카츠와도, 크로켓과도 재회하지 못해 아쉽다.

일본 하늘 아래에서 두 작품의 교정지를 읽었다.

첫 번째 작품은 『반짝반짝 공화국』, 두 번째 작품은 『마리카의 장갑』[*].

둘 다 이달 말에는 세상에 책으로 나올 것이다.

아침에 "자, 시작하자!" 하고 정신을 집중해 교정지를 읽는 건 더없이 행복한 시간이었다.

나한테는 최종 교정지가 늘 생명체처럼 느껴져서, 무릎 위에 올려두고 털을 빗겨주는 이미지가 떠오른다.

구리킨톤[**]도 너무너무 맛있다.

이런 별것 아닌 행복이 일본에는 잔뜩 있다.

어젯밤, 밖에서 걷던 중 금계金桂 향이 훅 끼쳐와 엄청나

---

[*] 이윤정 옮김, 작가정신, 2018.
[**] 화과자의 일종으로, 삶은 밤에 설탕을 넣고 으깨어 만든다.

게 행복해졌다.

참 그렇지, 이번에 돌아와 놀란 건 빨래였다.

베를린에서 입던 티셔츠를 도쿄에서도 입었는데, '우와, 이 티셔츠가 원래 이렇게 부드러웠구나!' 하고 깜짝 놀랐다.

독일에서 세탁을 하면 물 때문인지 세탁기 때문인지 빨래가 뻣뻣해진다.

그렇게 자각은 하고 있었지만 설마 이렇게까지 차이가 날 줄은 몰랐다.

일본에서 세탁한 빨래가 연두부처럼 부드럽다면, 독일에서 세탁한 빨래는 찌개용 두부처럼 딱딱하다.

그나저나 뭔가 이상하다.

내 집에 있는데도 유리네가 없다.

우리 집에 온 손님도 늘 현관에서 반겨주는 유리네가 없는 것이 이상하게 느껴진다고 말했다.

베를린 집을 지키고 있는 펭귄은 그곳이 벌써 춥다고 한다.

결국 난방을 튼 모양이고, 가로수도 완전히 노란 옷을 입었단다.

두둥실 천국 같은

가을, 그리고 겨울.

같은 아파트에 사는 아이들이 반년 만에 꽤 많이 자라 있었다.

반년이라는 시간 동안 만나지 못하면 상대의 변화를 여실히 알 수 있다는 것도 이번 귀국의 큰 발견이었다.

나는 지금부터 짐을 싸서 내일 비행기로 베를린에 갔다가 이달 말에 다시 일본으로 돌아온다.

책 출간에 맞춰 여러 가지 이벤트도 기획 중이다.

독자분들과 다시 만날 수 있다고 생각하면 가슴이 두근거린다.

아, 행복해라.

일본에 있으면 아주 작은 것에도 행복해진다는 점이 너무 행복하다.

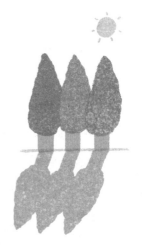

펭귄은 홀로 외롭게 일본으로 귀국했다.

또다시 유리네와 사람 하나, 동물 하나인 생활로 돌아왔다.

주말에는 오랜만에 유리네를 데리고 숲과 근처 호수에 갔다.

가는 길, 전철 안에는 자전거를 들고 타는 사람이 많았다.

그도 그럴 것이 요 며칠 베를린은 날씨가 엄청 좋다.

두둥실 천국 같은

아무래도 도쿄가 더 추운 것 같고, 베를린은 상쾌한 푸른 하늘이다.

그러니 '이때다!'라는 양 다들 사이클링을 즐기기 위해 밖으로 나온 거겠지.

베를린은 이제 완연한 단풍의 계절을 맞이했다.

붉게 물드는 잎은 드물고 대부분 노란색이다.

길거리도 숲도, 둘러보면 사방이 온통 황금색이어서 무척 아름답다.

이제 곧 풍경이 쓸쓸해질 테니 마지막 보너스를 주는 것 같다.

유리네는 강아지 시절부터 낙엽 속을 뛰어다니는 버릇이 들어서 낙엽을 보면 반사적으로 '몬스터 유리네' 모드로 전환된다.

숲에도 나뭇잎이 많이 떨어져 있어 유리네가 기세 좋게 날뛰었다.

여름 호수도 기분 좋았지만, 가을 호수 역시 근사했다.

문고본이라도 들고 와서 벤치에 앉아 차분히 읽고 싶어진다.

이 계절을 베를린에서 보내는 건 처음이다.

그리고 올해는 첫 겨우살이도 우리를 기다리고 있다.

이번 주말까지는 날씨가 좋다지만 다음 주부터는 단숨에 겨울 모드로 돌입한다.

예상 최고 기온이 10도 남짓, 최저 기온은 3도인 날도 있다.

이제 곧 서머타임이 끝나면 밤은 더더욱 길어진다.

나는 일본에서 돌아온 뒤 시차 적응이 덜 되어서 요즘 엄청나게 일찍 자고 일찍 일어나는 생활을 하고 있다. 오늘은 새벽에 일어났더니 아직 하늘에 달과 별이 떠 있었다.

지금도 아침에는 8시쯤 되어야 밖이 밝아진다.

모두 이 쾌청한 하늘이 올해 마지막이라는 사실을 아는 거겠지.

사람들은 실컷 햇볕을 쬐며 즐기고 있다.

마지막 태양이라니 호들갑스럽게 들릴 수도 있지만, 느낌상으로는 정말 그렇다고 생각한다.

다음 주부터는 드디어 겨울에 돌입한다.

두둥실 천국 같은
〰〰〰〰〰

'해님이 얼굴을 내밀고 있는 동안에!'하며 부지런히 침구를 세탁해 널어뒀다.

베를린에서 처음 만드는 누룽지도 지금 절찬 건조 중이다.

건조가 끝나면 기름에 튀겨 맛있는 누룽지를 먹을 수 있다.

아참, 그렇지. 일본에서 모나카*를 선물 받아 주말에 친구를 초대해 티타임을 가졌다.

외국에서 먹는 모나카는 최고였다.

현미차와 잘 어울린다.

다들 왠지 아까워하며 조금씩 조금씩 베어 먹었다.

다네야**의 모나카는 맛있구나.

다음에 일본에 가면 선물로 사 오자.

과자 껍질과 팥소가 따로 포장되어 있어서 껍질이 바삭바삭한 것이 못 견디게 좋다.

*   화과자의 일종으로, 찹쌀가루를 반죽해 얇게 구운 껍질 속에 팥소를 넣어 만든다.
** 일본의 과자 제조·판매 업체.

자, 이제 월동 준비를 해야지.

우선은 누룩과 대두를 사 와서 다음 주에 된장을 담글까.

두둥실 천국 같은

지난 주말, 베를린에 도착한『반짝반짝 공화국』.

드디어 나왔다!!

너무 기쁘다.

지금까지 속편이라는 형식으로 소설을 쓴 적이 없었지만 이번에 그 첫 시도로『츠바키 문구점』속편을 내게 됐다.

『츠바키 문구점』을 쓴 뒤로 정말 많은 편지를 받았다.

독자 카드도 잔뜩 받았지만, 그 이상으로 편지가 많았다.

솔직히 그런 형태로 독자분들과 연결될 수 있다는 건

예상치 못했던 터라 정말 기쁜 선물이었다.

그중에는 속편을 써달라는 의견이 매우 많았다.

나도 그 뒷이야기를 써보고 싶다고 생각했던 차여서 응원을 받은 느낌이었다.

다시 한번 가마쿠라 생활을 유사 체험할 수 있어 나 역시 행복했다.

전작은 하토코를 둘러싼 이웃 간의 따뜻한 교류가 메인이었기 때문에, 이번에는 하토코의 개인적인 부분에 초점을 뒀다.

25일쯤부터 서점에 진열될 거예요.

물론 이번에도 표지 그림은 슌슌 씨, 본문의 편지 육필은 가야타니 게이코 씨가 맡아주셨다.

완전히 하나의 팀처럼 작업할 수 있다는 것 또한 무척 행복한 일이었다.

거의 같은 시기에 출간되는 『마리카의 장갑』도 지난주에 가제본이 나왔다.

두둥실 천국 같은

이 역시 오랜 시간을 들여 겨우 형태를 이룬, 애착이 깊은 작품이다.

작품의 무대인 루프마이제 공화국의 모델은 라트비아.

표지 그림을 맡은 일러스트레이터 히라사와 마리코 씨와는 총 세 차례 라트비아 여행을 함께했다.

보통 소설책에서는 구현할 수 없을 정도로 장정에 공을 들였으니, 이번에는 꼭 그 부분도 즐겨주시기를.

어제는 조금 먼 곳까지 갔다. 유리네와 슐라흐텐제 Schlachtensee에 다녀온 것이다.

호숫가에 산책로가 있어 그 길을 따라 한 바퀴 돌고 왔다.

단풍이 굉장히 예뻐서 어디를 봐도 넋을 잃는다.

늦가을의 유럽도 아주 멋지다.

호수를 한 바퀴 도는 데 1시간 반 정도 걸렸다.

유리네에게는 긴 거리였는지 오늘은 깊게 잠들었다.

다음에는 도시락이라도 싸 가서 하루 동안 충분히 호숫가에서 시간을 보내도 좋을 것 같다.

호숫물이 무척 깨끗했다.

『마리카의 장갑』에도 호수 신이 있는데, 내가 무척 좋아하는 장면이다.

읽어주시면 기쁘겠어요!

다녀왔습니다!

11月1日

3주 만에 돌아온 일본.

고작 3주 동안이었지만 베를린에서 지낸 시간이 너무나 여유로웠던 탓에 거기서 석 달쯤 있었던 것 같다.

펭귄이 집에서 밥과 된장국을 차려놓고 기다리고 있었다.

역시 우리 집은 좋구나.

사인회 공지입니다.

이번에는 요코하마에서 한 번, 교토에서 한 번, 가마쿠라에서 한 번, 도쿄에서 한 번 합니다.

또한 11월 15일에는 오후 3시쯤부터 가마쿠라 유이가하마 마을회관으로 책을 가져오시면 사인을 해드립니다.

오후 5시부터는 일러스트레이터 슌슌 씨, 손글씨 장인 가야타니 게이코 씨를 모시고 대담을 나눕니다.

가마쿠라 산책을 즐기며, 모쪼록 들러주세요.

기다릴게요!

어제 데가미샤 카페에서 열린 북토크에 와주신 여러분, 감사합니다.

저도 아주 즐거운 시간을 보냈어요!

그나저나 엄지장갑은 보기만 해도, 옆에 있기만 해도 행복해지는구나.

어제도 카페에 엄지장갑이 잔뜩 장식되어 있어서 기뻤다.

이번 기획을 위해 히라사와 마리코 씨가 오리지널 엽서와 컵 받침 등을 만들어주셨는데, 전부 무척 근사했다.

그리고 오늘부터 기치조지의 갤러리 페브 fève에서는 『마리카의 장갑』 출간 기념으로 히라사와 마리코 씨의 원화전이 열립니다.

나도 어제 원화를 처음 봤는데 정말 멋졌다.

이번에 마리코 씨는 시간과 품이 아주 많이 드는 동판화라는 기법으로 그림을 그렸다.

상상도 안 될 정도로 힘든 작업. 하지만 바로 그렇기 때문에 심오한 분위기를 자아내는 거겠지.

오늘은 나도 지금부터 갤러리에 있을 예정이다.

원화전은 이 전시 이후에도 전국의 갤러리 몇 군데에서 돌아가며 열리는 모양이니 꼭 보러 와주세요!

데가미샤 카페에서는 오늘부터 『마리카의 장갑』을 모티프로 만든 디저트도 나온답니다.

저도 어제 먹었는데 맛있었어요.

여기서도 『마리카의 장갑』 이벤트를 하고 있으니 꼭 놀러 와주세요.

두둥실 천국 같은

"굿모닝!" 하고 무심코 하늘에 대고 외치고 싶어질 정도로 맑게 갠 아침.

내가 사랑하는 도쿄의 청명한 겨울 하늘이 아름답게 펼쳐져 있다.

나는 오늘 교토로 간다.

먼저 교토의 NHK 문화센터에서 북토크를 하고, 그 뒤 사인회를 가질 예정이다.

교토에서 사인회를 하는 건 처음이다.

어제부터 저녁밥 먹을 식당을 찾아보는 중인데 도무지 못 정하겠다…….

뭐, 되는대로 가보는 것도 가끔은 괜찮을지 모른다.

몸으로 부딪쳐보자, 하는 생각으로 말이다.

요코하마에서 열린 사인회는 즐거웠다.

오랜만에 하는 사인회라 긴장했지만 많은 분이 발걸음을 해주셔서 에너지를 얻었고, 덕분에 나는 지금 국물을 잔뜩 흡수한 간모도키* 상태다.

와주신 여러분, 고맙습니다.

그리고 오고 싶었지만 못 오신 분들도 역시 고맙습니다.

언젠가 분명, 또 만날 기회가 있을 거예요!!

일본으로 돌아와 첫 일주일 동안은 시차 때문에 쉽게 잠들지 못해서 아침 녘까지 깨어 있을 때가 많았다.

하지만 요 며칠 사이 일본 시간의 흐름에 드디어 몸이 적응했다.

* 유부의 일종으로, 두부를 으깨어 당근, 연근, 우엉 등과 섞어 기름에 튀긴 요리.

동네를 걷다 보면 개를 데리고 산책하는 사람과도 자주 마주치는데, 그때마다 '유리네는 지금쯤 뭘 하고 있을까?' 하며 침울해진다.

뭐, 유리네가 무척 좋아하는 반려견 미용사에게 맡겼으니 분명 굉장히 즐거운 나날을 보내고 있겠지만.

유리네가 거기 없다는 것을 아는데도 매번 거실 중문을 열 때 습관적으로 살짝 연다.

베를린은 드디어 최저 기온이 영하로 떨어졌다고 한다.

으으으, 춥다.

그걸 생각하면 도쿄의 겨울은 역시나 무척 복 받은 기후다.

태양이 이렇게 빛을 풍성하게 내뿜다니! 베를린 사람들에게 미안할 정도다.

그래도 단 하나의 해가 온 세상을 비추고 있다는 점을 생각하면 그 위대함에 새삼 감동한다.

유럽에 있으면 태양의 고마움을 절실히 느낀다.

이번 주는 교토와 가마쿠라와 도쿄에서 사인회를 한다.

꼭 와주세요.

기다릴게요!

그리고 『마리카의 장갑』과 『반짝반짝 공화국』의 저자 후기도 저의 홈페이지에 올렸습니다.

아, 오늘 아침은 왠지 너무나 근사하다.

오늘도 좋은 하루가 되기를!

(합장)

교토에서는 하룻밤밖에 안 묵었지만 충분히 즐겼다.

NHK 문화센터에서 한 북토크와 후타바쇼보*에서 열린 사인회에 와주신 여러분, 정말 감사합니다!

이번 역시 멋진 만남의 연속이었어요.

교토에서 사인회를 마친 다음 날 아침, 호텔을 나와 이

* 교토를 중심으로 여러 체인점을 둔 일본의 서점명.

노다커피 본점에 가서 전날 받은 독자 메시지와 편지를 읽었다.

정말 기운이 난다.

'무언가'가 제대로 전달되었다는 게 실감 나서 기쁘고 행복해 눈물이 날 것 같다.

독자분들께는 아무리 감사드려도 모자란다.

아, 나 어쩌면 좋아. 지금 죽어도 전혀 여한이 없어. 아름다운 빛에 휩싸인 테라스 자리를 바라보며 그렇게 감개에 젖었다.

아침은 안 먹는 타입이지만 조금 출출해서 카페오레와 키르쉬토르테*를 먹었다.

얼마나 독일 물이 든 건지 스스로 어이가 없지만 키르쉬토르테는 너무 좋다.

아침부터 케이크를 먹다니, 바바라 부인** 같은걸. 그렇게 생각하며 편지를 읽으면서, 가끔은 눈시울을 붉히고 또 가끔은 킥킥 웃었다.

---

* 초콜릿 스펀지케이크 층 사이에 생크림과 체리를 채운 독일 케이크. 정식 명칭은 슈바르츠밸더 키르쉬토르테(Schwarzwälder Kirschtorte).
** 저자의 저서 『츠바키 문구점』과 『반짝반짝 공화국』 속 등장인물 이름.

두둥실 천국 같은

이노다커피의 키르쉬토르테(메뉴판에는 이 이름 말고 예스럽고 좀 다른 명칭으로 적혀 있었다)는 처음 먹어봤는데 꽤 맛있었다.

그나저나 언제부터 가게가 금연이 되었을까.

나한테는 상당히 기쁜 변화였다.

가게에서 나와 '역시 교토는 좋구나. 언젠가 기간 한정으로 살아보고 싶어' 하고 망상하며 들뜬 기분으로 걷다 보니 롯카쿠도*가 나왔다.

이번에는 느긋하게 단풍을 구경할 시간도 없고, 절이나 신사에도 못 가니까 하다못해 여기 들러서 참배라도 하고 갈까? 그런 생각으로 무심코 안에 들어갔다가 깜짝 놀랐다.

흰색과 분홍색 비둘기(장식품)들이 달걀판에 든 달걀처럼 잔뜩 늘어서 있는 게 아닌가.**

소원을 적은 종이를 비둘기 배에 넣어 봉납한 것이었다.

---

* 교토에 있는 사원으로, 정식 명칭은 시운잔초호지(紫雲山頂法寺). 본당이 육각형으로 생겨서 일반적으로 롯카쿠도(六角堂)라는 별칭으로 부른다.
** 『츠바키 문구점』과 『반짝반짝 공화국』의 주인공 하토코(鳩子)의 이름에는 비둘기 구(鳩) 자가 들어 있어 '포포(비둘기 울음소리를 나타내는 일본어 의성어)'라고 불린다. 비둘기는 롯카쿠도의 심벌이기도 하다.

물론 나도 엄청난 소원을 써서 넣어두고 왔다.

그날은 온종일 서점을 순례했다.

서점 점원 여러분께는 정말로 고개가 수그러진다.

수많은 서점 점원들의 노력, 그리고 서점 덕분에 내 책을 독자에게 전할 수 있다.

만나 뵌 서점 점원분들은 다들 매력적이었다.

이번에 새삼 '교토는 좋구나!' 하고 다시금 확인한 나.

또 부지런히 500엔짜리 동전을 모아서 교토에 가야지.

그리고 어제, 아니, 엊그제는 가마쿠라에서 사인회를 했다.

슌슌 씨, 가야타니 게이코 씨와도 오랜만에 재회했다.

마을회관 같은 곳이랄까, 아니 진짜 마을회관에서, 신발을 벗고 접이식 철제 의자에 앉아서 하는 행사가 과연 괜찮을지 처음에는 불안했는데, 오히려 그게 가마쿠라 특유의 분위기를 자아내 화기애애했다. 즐거운 시간이었다.

그날은 『반짝반짝 공화국』에도 나오는, 내가 사랑하는 가게에서 저녁밥을 먹고 그대로 가마쿠라에서 묵었다.

두둥실 천국 같은

다음 날 아침은 가든하우스*에 가서 교토에서와 마찬가지로 독자분들께 받은 편지를 읽었다.

아아, 아아, 아아, 나 이렇게 행복해도 되는 걸까? 정말로 오늘 죽어도 여한이 없어, 하는 생각이 또다시 들었지만, 문득 베를린에 유리네를 두고 왔다는 사실을 깨닫고 아니야, 역시 오늘은 죽을 수 없어, 하고 마음을 고쳐먹었다.

교토에서도 가마쿠라에서도, 유리네는 어떻게 지내냐고 묻거나 개중에는 유리네의 팬이라고 말하는 분까지 계시는 통에 기쁘기도 하고 부끄럽기도 했다.

섬세한 아이는 반려인과 떨어져 있으면 기운을 잃기도 하는 모양이지만 유리네는 아무래도 괜찮은 듯, 맡겨둔 미용사의 집에서 즐겁게 지내고 있는 것 같아서 마음이 놓인다.

반면 펭귄은 미용사(이탈리아인 남자)의 팔에 안겨 한없이 편안한 표정으로 자고 있는 유리네 사진을 발견하고는 질투심을 불태웠다.

---

* 파스타, 피자, 스테이크와 각종 음료 등을 파는 가마쿠라의 레스토랑. 『츠바키 문구점』에도 등장한다.

지난번에는 "이거 유리네한테 갖다 줄래?" 하며 일부러 쓰키지까지 가서 유리네가 좋아하는 볶은 콩 간식을 사 왔다.

　나는 이제 곧 유리네를 만날 수 있지만, 펭귄은 만날 날이 아직 멀었기 때문에 초조해서 눈물을 글썽이고 있다.

　오늘은 도쿄 후타코타마가와에서 사인회와 북토크를 한다.

　날씨가 좋아서 다행이다!

후타코타마가와에서 열린 북토크와 사인회에 와주신
여러분, 그리고 오고 싶었지만 못 오신 분들, 모두 정말 고
맙습니다!

이번에는 네 군데에서 사인회를 했는데, 매회 여러분께
많은 에너지를 얻었습니다.

이 따뜻한 에너지를 양식 삼아 다음 작품에 온 힘을 쏟
아부을게요.

후타코타마가와에서 행사가 시작된 시간이 저녁 7시여서 집에 온 건 10시쯤.

배고프네, 생각하며 돌아왔더니 펭귄이 사둔 김초밥이 있었다.

야호, 김초밥.

역 앞에 있는 아주 서민적인 초밥집에서 파는 건데, 그 집 김초밥이 일품이다.

이번에 도쿄에 머무는 기간에는 일정이 가득 차 있어서 펭귄과 집에서 저녁을 함께 먹는 일도 거의 없었다.

그래서 김초밥은 고마운 깜짝 선물이었다.

일본에 돌아와서 생각나는 건 이 김초밥이나 단골 두부 가게의 유부, 수제 도시락 같은 음식이다.

결코 초밥이나 회, 가이세키懷石요리* 같은 게 아니다.

뭐, '일본에 돌아가면 이것만은 반드시 먹고 싶다!' 목록의 첫 줄에 있었던 건 장어지만.

지금 '장어'라는 단어를 입력한 것만으로 뇌 일부가 녹아내렸을 정도로, 외국에 있으면 장어가 그립다.

* 다과회에서 주최자가 손님에게 대접하는 일본의 전통 요리.

장어는 둘째 치더라도 김초밥이나 유부, 도시락 같은 사소한 것 안에 행복이 있다는 사실을 새삼 느꼈다.

펭귄이 만들어주는 볶음밥도 그렇다.

역시 맛있었다.

그리고 나는 벌써 베를린에 있다.

분주한 데는 이유가 있는데, 내일부터 또 어학원 수업이 시작되는 것이다.

앞으로 한 달 동안은 다시 학생이 된다.

시차 때문에 오늘 아침은 아주 일찍 일어났다.

처음 눈을 뜬 것은 새벽 2시 반. 한 차례 일어났다가 침대로 돌아왔지만, 눈이 말똥말똥해져서 결국 4시 넘어 몸을 일으켰다.

어학원이 시작되니까 이대로 일찍 자고 일찍 일어나는 모드로 가자.

지금은 아침 7시가 지났고 드디어 하늘이 어슴푸레 밝아지고 있다.

이곳은 벌써 한겨울 추위다.

이제 몇 시간 뒤면 유리네를 만나러 간다.

올겨울 우리 가족은 도쿄와 베를린으로 나뉘어 새해를

맞이할 예정이다.

　참, 그렇지. 사인회 때 "마이니치신문의 <일요일이에요! > 칼럼,* 잘 읽고 있어요"라고 말씀해주신 분들이 많아서 깜짝 놀랐다.

　마이니치신문 일요판에 매주 연재하는 에세이.

　그중에는 매호 빠짐없이 컬러 복사해(일러스트레이터 도쿠치 나오미 씨의 그림이 또 좋은 느낌을 자아내거든요) 파일에 모아둔다는 분도 계셔서 기쁘면서 부끄러웠다.

　신문 연재로는 웬만해선 독자분과 직접 만날 기회가 없는데, 감사한 일이었다.

　일부러 시간 내어 사인회에 와주신 여러분, 정말 정말 감사합니다!!!

　또 만나 뵙기를 고대하고 있어요.

　추신.

*　한국에는 『인생은 불확실한 일뿐이어서』(권남희 옮김, 시공사, 2020)라는 제목으로 출간되었다.

후타코타마가와 사인회 때 어떤 분이 물어보셨는데 그 자리에서 제가 잘 기억해내지 못했던, 라트비아에 전해지는 열 가지 마음가짐은 다음과 같습니다.

저의 언어로 좀 더 부드럽게 옮겼습니다.

< 라트비아에 전해지는 열 가지 마음가짐 >

올바른 마음으로

이웃 사람과 사이좋게 지내고

누군가를 위해서

성실하고 즐겁게 일하며

자기 분수를 지키고

맑고 아름답게

감사하는 마음을 잊지 말고

명랑하게, 건강하게

너그럽게 베풀며

상대의 마음에 공감하기

(저는 이것을 화장실 벽에 붙여뒀습니다.)

이번 주부터 다시 독일어 어학원에 다니고 있다.

한 달 단위로 시기를 고를 수 있지만, 일단 시작하면 월요일부터 금요일까지 매일 수업이 있다.

이번에는 오후 코스라서 오후 1시 15분부터 시작해 저녁 5시 45분에 마친다.

수업이 끝날 무렵이면 이미 밖은 칠흑처럼 어둡고, 유리네에게 저녁밥을 줘야 하니 허둥지둥 집으로 돌아온다.

이번 반 사람들 중에는 아저씨와 아줌마가 많아서 마음이 놓인다.

치과 의사, 화가, 심리학자, 선생님, 영화감독, 시인 등 직업도 가지각색이고 이스라엘, 뉴질랜드, 호주, 러시아, 루마니아, 프랑스, 스페인, 미국 등 출신국도 다양하다.

짝꿍이 된 여자는 심지어 리투아니아 사람인데 나이까지 나와 같다.

이번 교실에 일본인은 나뿐이지만 대신 한국인이 두 명 있다.

선생님은 또 여자분인데 느낌이 좋다.

그런데 배우는 내용은 여전히 유치원 수준이다.

지난번 수업이 유치원의 만 3세반이었다면 이번에는 조금 진급해서 만 4세반이 된 느낌이랄까.

우리는 엄청 진지하게 배우고 있지만, 옆에서 보면 꽤 우스울 게 틀림없다.

매일 물병에 음료를 넣고 간식을 챙겨서 다니니까 기분은 진짜 유치원생이다.

상당히 즐거운 나날이다.

그나저나 베를린의 겨울을 겁냈던 나지만, 현재로서는(이렇게 말해봤자 아직 며칠밖에 지내지 않았지만) 싫지 않다.

아니, 오히려 좋은지도 모르겠다.

확실히 춥다. 엄청나게 춥다.

하지만 추위는 난방을 켜면 어떻게든 견딜 수 있다.

문제는 어두운 것인데, 그 또한 집을 밝게 하는 등 궁리를 하면 조금 더 지내기 편해질 듯하다.

내 생각에는 겨울에야말로 빨리 자고 빨리 일어나는 게 중요하다.

밤이 길다고 해서 밖이 밝아진 뒤에 일어나면 정말이지 눈 깜짝할 사이에 하루가 끝나버린다.

그래서 하루 중 해가 떠 있는 시간을 최대한 즐긴다.

나는 지금 일단 새벽 5시 반에 자명종을 맞춰두지만, 시차 적응이 덜 된 탓도 있어서 그보다 빨리 눈이 떠진다. 그러면 오로지 날이 밝기를 기다린다.

햇빛을 1초 분량이라도 허비하지 않도록 신경을 쓰고 있다.

또 기분이 가라앉기 쉬우니 즐거운 일을 미리 준비해두는 것도 중요하다.

다과회를 열거나 크리스마스 마켓을 구경하러 가거나.

겨울에야말로 카페에 가는 등 되도록 밖으로 나갈 일을 만든다.

새해가 되면 친구 셋과 함께 온천 여행을 갈 계획도 있다.

첫 유럽 여행이 한겨울 파리였기 때문인지 묘하게 반가움을 느낀다.

물론 여름의 유럽은 지내기 편해서 최고지만 그건 겨울의 혹독함이 있기 때문이다. 혹독하지만 아름답다.

단풍도, 루미나리에도, 사람들이 토해내는 숨도, 덧없어서 아름답다.

내가 이런 식으로 받아들일 수 있는 이유는 분명 야마가타의 겨울을 알기 때문일 것이다.

나는 이미 어두운 겨울에 대한 면역력을 갖추고 있다.

참, 추워서 유리네가 나한테 딱 붙어 자는 것도 기쁘다.

발치에는 보온 물주머니, 가슴에는 보온 유리네주머니가 있어 따끈따끈하다.

그리고 역시 겨울에는 신발용 핫팩이 필수다.

이게 있는 것과 없는 것은 쾌적함이 천지 차이다.

확실히 겨울에는 겨울만의 즐거움이 있다.
얼른 집 앞 연못이 얼어붙었으면.
한겨울 숲 산책도 해보고 싶다.

자, 그럼 내일도 기운차게 유치원으로!

아침부터 비.

주말이라서 자명종을 맞추지 않아도 되는 게 기쁘다.

유리네의 '배고파!'에 잠이 깨버렸지만.

당연한 말이지만 개한테는 평일이고 주말이고 다 똑같다.

원래 오늘은 어학원에서 친해진 친구를 만나 핀란드 센터의 크리스마스 마켓에 가기로 약속했는데, 비가 너무 심하게 오는 바람에 내일 가기로 했다.

시간이 생겨서 간식을 만든다.

독일에 있으면 딘켈(고대 밀가루)*을 쉽게 구할 수 있어 좋다.

오늘은 딘켈을 이용해 쇼트브레드쿠키를 만들기로.

지난번에 처음 만든 것을 친구에게 먹어보라고 줬더니 반응이 꽤 좋았다.

거기서 배합을 조금 바꿔 다시 만든다.

반죽을 냉장고에서 숙성시키는 동안 달콤 짭짤한 견과류 과자도 만들었다.

이번에는 시나몬 맛으로 했다.

견과류는 어학원 쉬는 시간에 슬쩍슬쩍 집어먹기 좋다.

펭귄이 사서 먹다 남기고 간 땅콩도 눅눅해졌기에 프라이팬에 다시 볶아 수분을 날렸다.

식후에 오랜만에 직접 커피를 내려 마셨다.

오늘 약속했던 어학원 친구는 스테파니.

미국에서 온 아티스트인데 아주 멋진 작품을 만든다.

* 스펠트밀이라고도 하며 알레르기를 거의 유발하지 않고 소화가 잘 된다.

두둥실 천국 같은

내가 휴학(?)해 있을 동안 스테파니는 상급 코스로 진학했으니 이제는 같은 반이 아니지만, 지금도 가끔 만나 교류하고 있다.

나와 정반대 타입인 스테파니는 늘 반 분위기를 띄우기 위해 농담을 하거나 방과 후 파티를 기획한다.

그리고 어째서인지 나는 그런 타입의 사람들에게 곧잘 사랑받는다.

나는 미국이라는 나라에 대해 복잡한 심경을 품고 있어서 미국인과도 일정 거리를 두어왔다. 하지만 당연히 미국인도 저마다 다른 사고방식을 가지고 있다.

이 사실을 나는 스테파니를 통해 배웠다.

그리고 미국인 모두가 다 아무 생각 없이 밝기만 한 것은 아니라는 점도.

주말에는 대체로 피아노곡 CD를 틀어두는데 연주자는 일본인 피아니스트다.

그와도 어학원에서 만났다.

나보다 연상에 무려 띠동갑이지만 독일어 공부에 힘을 쏟는 모습에 감동했다.

그는 벌써 일본으로 돌아갔지만 그를 알게 된 것도 어학원을 다녀서 얻은 행운 중 하나다.

그가 연주하는 CD를 듣게 된 뒤로 피아노 소리가 좋아졌다.

그의 연주는 휴일의, 더구나 오전의 햇빛에 안성맞춤이어서, 최근 주말의 즐거움이 되었다.

그리고 지금 반에서 만난 사람이 야나다.

야나와도 신기한 인연을 느낀다.

우선 나이가 같다.

게다가 에스토니아 출신이다.

게다가 게다가 우리 둘 다 가장 좋아하는 나라가 라트비아다.

그 사실은 어제 드러났다.

놀랍게도 야나는 최근 거의 10년 동안 매해 여름 한두 달을 라트비아에서 보냈다고 하며, 라트비아에 대해 많은 것을 알고 있었다.

"라트비아가 너무 좋아!"라고 말하는 사람을 만나는 경우는 거의 없고, 또 같은 유럽에 살아도 라트비아가 어디에 붙어 있고 어떤 나라인지 아는 사람은 드물다.

어학원에 다니는 목적은 물론 독일어 습득이지만, 그밖에 일본에 있었다면 만나지 못했을 사람과 친구가 된다는 것도 있다.

그런 면에서 보자면 지금으로서는 대성공이다.

오늘은 일본인 친구 집에 주먹밥을 갖다 주러 간다.

집의 방 하나를 살롱으로 만들어 거기서 공부 모임과 요가 수업을 시작한단다.

저마다의 생각과 목적을 품고 자신이 태어난 나라를 떠나 베를린을 선택해 살고 있는 사람들.

그런 사람들을 만날 수 있다는 건 정말 정말 행복한 일이다.

내일은 꼭 날이 개기를!

엊그제는 아침놀이 진 하늘이 너무나 아름다웠다.

이번 주말에는 집중해서 된장을 담글 계획이다.

베를린이 시골이구나 싶은 이유는, 이 시기가 되면 주위 사람들이 일제히 된장을 담그기 때문이다.

사려고 하면 살 수 있지만, 파는 된장에는 첨가물이 들어 있기도 하니 직접 만드는 게 가장 안심된다.

봄이 되면 자기 집 된장을 서로 교환하는 게 또 즐겁다.

나는 베를린에서 처음 된장을 담가본다.

누룩은 동네에 만드는 분이 있어 그 집에서 나눠 받았다.

취미가 발전해 누룩가게를 차렸다는데, 누룩 외에도 간장과 된장, 낫토까지 만든다.

놀러 갔더니 집 한구석이 실험실처럼 되어 있었다.

이번에는 생보리누룩과 생현미누룩을 받았다.

압력솥이 있으면 불과 30분 만에 대두가 부드러워지지만, 나는 없으니까 냄비를 불에 올려 보글보글 삶는다.

손가락으로 쉽게 으깰 수 있을 정도로 부드러워지면 블렌더로 단숨에 으깬다.

전에 만들었을 때는 분명 절구를 써서 사람 힘으로 으깨었다.

그때의 기억이 남아 있어서 된장 담그기는 힘들다고 생각했지만, 블렌더를 쓰면 눈 깜짝할 사이에 반죽 상태가 된다.

말린 대두 500그램이 가정에서 만들기 쉬운(적당한) 양인 것 같지만, 이번에는 눈 딱 감고 대두를 총 1킬로그램 준비했다. 500그램씩 냄비에 넣고 각각 보리누룩과 현미누룩으로 담가본다.

그렇게 완성된 맛을 비교해서 어느 것이 내 입맛에 맞는지 판단하면 된다.

소금과 누룩을 미리 섞어두고, 그것을 사람 체온 정도로 식힌 대두 반죽에 섞기만 하면 된다.

시간은 걸리지만 간단하다.

그런 다음 햄버그스테이크 모양으로 뭉쳐서 비닐에 넣고, 공기가 들어가지 않도록 빈틈없이 밀봉해 숙성시키면 된장이 완성된다.

맛을 살짝 봤더니 숙성시키지 않아도 이미 맛있었다.

콩류를 굉장히 좋아하는 유리네가 깡충깡충 뛰어올라 성가셨지만.

이 된장은 어떤 집 된장이 될지 기대된다.

유치원(어학원) 진도는 이제 딱 절반쯤 나갔다.

독일어는 빈틈이 전혀 없다.

일본어는 눈치로 알거나 말하지 않아도 통하는 부분이 있지만, 독일어는 그게 전혀 없다.

빈틈없이, 정확하게, 오해가 생기지 않도록 언어를 엄밀하게 나열한다.

융통성이 없다.

두둥실 천국 같은

그래서 마구 길어진다.

12월에 접어들며 거리는 단숨에 크리스마스 분위기로
바뀌었다.

우리 집에도 크리스마스트리를 장식해봤다.

길을 가는 어린이들이 다들 북슬북슬하게 옷을 껴입고 있는 모습이 엄청 귀엽다.

추운 날은 개한테도 옷을 입힌다. 그 모습을 보고 조금 안심했다.

역시 개도 추운 것이다.

어제는 여자들만의 모임을 가졌다.

다과회를 하자고, 평소 친한 두 사람에게 말해서 오후 3시

두둥실 천국 같은

에 모이기로 했다.

이 멤버가 있기에 나도 베를린에서 힘을 낼 수 있다.

준비한 음식은 아마자케*와 쇼트브레드쿠키.

요즘 연달아 쇼트브레드쿠키를 굽고 있다.

매번 재료나 분량을 조금씩 다르게 해서 만드는데, 그때마다 친구들에게 맛을 봐 달라고 한다.

이번에는 밀가루에 콩가루를 섞고 식감에 포인트를 주기 위해 땅콩을 넣어봤다.

이제까지 만든 것 중 최고일지도 모른다.

먼저 아마자케로 몸을 데우고, 바깥이 어두워지는 오후 4시가 되기를 기다려 샴페인을 땄다.

올가을에 우리 모두 한 살씩 더 먹었기 때문에 그 기념으로.

샴페인을 마시며 쇼트브레드쿠키를 집어 먹는다.

밖은 이미 새까맣다.

눈 구경을 하며 샴페인을 마시기를 기대했지만 결국 눈

* 쌀누룩과 쌀, 또는 술지게미를 원료로 만드는 일본의 전통 감미 음료.

은 오지 않았다.

  재밌었던 점은 이 시기가 되면 모두가 눈이 내리기를 고대한다는 것.
  하지만 아직 본격적인 눈은 오지 않고 있다.
  이즈음에는 비가 자주 내리는데, 비가 올 정도면 차라리 눈이 되어달라는 게 대부분의 의견이고 나도 그에 대찬성이다.

  샴페인을 마신 뒤 다 함께 크리스마스 마켓으로 몰려갔다.
  글뤼바인Glühwein(달콤하고 뜨거운 와인)을 마시며 가게를 구경했다.
  도중에 군밤을 사서 선 채 먹었다.
  이 군밤이 엄청 맛있었다.
  밤 자체가 다른 건지, 아니면 굽는 방식이 다른 건지 모르겠지만 껍질이 얇고 바삭거려서 이루 말할 수 없이 맛있었다.
  내년에는 이 밤으로 밤밥을 만들어봐야지.

  계속 밖에 있으면 몸이 차가워져서 지붕 있는 레스토랑

에 들어가 피자를 먹었다.

독일인의 융통성 없음, 그리고 서비스가 과다한 일본과 서비스가 너무 없는 독일 중 어느 쪽이 좋은지 등의 화제를 두고 왁자지껄 떠들었다.

어제는 기온이 분명 영하 1도쯤 되었지만 사람들이 많이 와 있었다.

비만 안 오면 추운 건 괜찮다.

베를린에서 겨울을 나며 느낀 점인데, 사람은 점점 추위에 적응하는 것 같다.

어젯밤은 크리스마스 마켓 나들이에 안성맞춤인 날씨였을지도 모른다.

그나저나 이제 2주 남짓이면 올해도 끝나다니!

빠르구나.

내년은 어떤 해가 될까.

오늘은 일요일이다.

바깥은 추운 듯하지만 하늘이 맑아서 기분 좋다.

베를린의 겨울은 춥고 어두워서 너무 괴롭다는 이야기를 귀에 못이 박이도록 들었기 때문에 내 안에서는 상당한 각오가 서 있었던 것 같다.

마치 북극에라도 가는 듯한 마음가짐이었을지도 모른다.

엄청난 겨울을 상상했기에, 지금 나는 '어쩌면 괜찮을지도 몰라.' 하고 낙관적으로 보고 있다.

그야 겨울인데도 이렇게 청명한 하늘을 볼 수 있으리라고는 생각지 못했으니까.

겨울의 빛은 아주 아름답다.

작업하는 방 창가에 둔 화분도 오늘은 왠지 기뻐 보인다.

겨울의 푸른 하늘에 만만세다.

일요일이라서 지금부터 유리네를 데리고 티어가르텐에 간다.

겨울의 숲 또한 상쾌해서 아주 좋다.

이제 어학원에 사흘만 더 가면 수업이 끝난다.

이번 코스가 지금까지 가운데 가장 즐거웠다.

　어학원이 끝나고, 일본에서 온 손님을 맞이하고, 정신
차리고 보니 벌써 크리스마스가 코앞이다.

　아까 동네 카페에 카푸치노를 마시러 갔는데, 나올 때
"멋진 크리스마스 보내세요!" 하는 인사를 받았다.

　길거리는 이제나저제나 하며 크리스마스를 기다리는
분위기로 가득하다.

　대략 지난 주말쯤부터 회사를 안 가는 사람들이 많은지
이미 거리는 휴일 분위기다.

독일인은 정말로 휴가를 많이 쓴다.

독일에서는 25, 26일에 가게들이 완전히 문을 닫는데, 올해는 24일도 일요일이기 때문에 사흘 동안 장을 볼 수 없다.

일단 내일은 문을 여는 것 같지만 토요일은 어찌 될지 모르니 오늘 중에 장을 봐두기로 한다.

대부분 나와 같은 생각을 했는지 커다란 장바구니를 든 사람을 여기저기서 꽤 많이 봤다.

또 베를린에는 지방에서 온 사람도 많이 거주해서, 고향에 가는 듯 차에 큰 짐을 싣거나 열차를 타러 가는 듯 여행 가방을 끄는 사람의 모습도 많이 보인다.

크리스마스가 끝날 때까지 베를린은 사람이 줄어 텅 비는 모양새다.

왠지 일본의 섣달 그믐날 같은 분위기다.

베를린에서 겨울을 보내는 것은 이번이 처음이라, 올해는 크리스마스 마켓 순례를 양껏 즐겼다.

그런데 이 시기는 날씨가 불안정해서 비가 오는 경우도 드물지 않다.

두둥실 천국 같은

일기예보를 잘 확인하지 않으면 비에 젖기도 하고, 크리스마스 마켓에 갈 수 있는 날도 그만큼 한정된다.

크리스마스 마켓에는 음식을 파는 노점상도 많아서 가볍게 돌아다니며 먹을 수 있다. 느낌상으로는 일본의 엔니치*와 매우 비슷했다.

아이들에게는 이동식 놀이공원이 기다리고 있다.

크리스마스 마켓에서 처음 독일의 군밤을 먹어보고 그 맛에 눈뜬 나는, 군밤 장수를 보면 그냥 지나치지 못하게 되었다.

그래서 크리스마스 마켓에 갈 때마다 볼이 미어지도록 군밤을 먹었다.

물론 한 손에는 뜨거운 김이 피어오르는 글뤼바인을 들고 있다.

같은 군밤이라도 굽는 방식에 따라 맛이 상당히 달라진다는 사실을 깨달았다.

맛있는 군밤은 가게 주인이 밤을 자주 뒤섞어서 익은

* 신이나 부처가 세상 사람들과 인연을 맺은 날을 기념하는 일본의 축일. 현대에는 신사나 절 경내에 노점상이 늘어서는 축제의 날이 되었다.

정도가 균일하다.

하지만 주인이 게으름을 피우며 자주 뒤섞지 않으면 그중 일부만 너무 익어버려 딱딱해진다.

고작 군밤이지만 너무나 소중하다.

더더욱 추워질 것을 각오했지만 현재로서는 최저 기온이 영하로 떨어지는 경우도 거의 없고, 최고 기온이 7도나 8도면 '오늘은 따뜻하네!' 하고 느낄 정도다.

잠깐씩 눈이 올 때는 있지만 아직 본격적으로 쌓이지는 않았고, 집 앞 공원의 연못도 여태 안 얼었다.

올해 끝까지 평년보다 따뜻한 겨울이 이어질 듯해서 조금 김빠진다.

오늘은 동지다.

여전히 본격적인 겨울은 시작되지 않았지만, 오늘을 경계로 또 조금씩 해가 길어질 것을 상상하기만 해도 왠지 안심이 된다.

오늘은 오후 3시 반쯤에 이미 어두컴컴해졌는데, 정말로 태양이 그립다.

아, 유자탕[*]에 들어가고 싶다.

역시 유자는 구하지 못할 것 같으니 오늘 밤에는 감귤류 에센셜 오일을 욕조에 넣어서 짝퉁 유자탕을 즐겨볼까.

모두 즐거운 크리스마스 보내세요!!!

* 일본에는 동짓날 유자를 띄운 탕에서 목욕하면 감기에 안 걸린다는 속설
이 있다.

오늘은 일 년을 '마무리'하는 날.

정오 지나 밥을 먹고 유리네와 산책을 나섰다.

아, 그러고 보니 오늘은 금요일, 마르크트가 열리는 날이다. 그 사실을 깨닫고 이제 세밑이니 장이 안 설지도 모른다고 생각하면서도, 혹시나 해서 가봤더니 서 있었다.

늘 참석하는 가게의 절반 정도밖에 없었지만, 채소가게도 감자가게도 살라미가게도 생선가게도 꽃가게도 다들 와 있었다.

두둥실 천국 같은

식후 커피를 아직 못 마셨기 때문에 카푸치노를 사서 광장 벤치에 앉아 마셨다.

아, 행복해라.

올해 마지막 마르크트에 갈 수 있어서 다행이었다.

그런 다음 도수 치료를 받으러 갔다.

도수 치료 역시 올해 마지막이다.

이 치료사를 만나 몸이 극적으로 편안해졌다.

베를린에는 몸을 케어해주는 일을 하는 일본인이 많은데, 다들 솜씨가 정말 좋다.

올해의 피로는 올해 안에 풀 것.

이로써 기분 좋게 새해를 맞이할 수 있다.

그러고 나서 카데베KDW(백화점)로.

카데베는 연말 쇼핑객으로 문전성시였다.

마치 도쿄의 유명 백화점처럼 붐비고 있었다.

여기에도 저기에도 샴페인과 맥주를 마시며 식사를 즐기는 사람들이 있었다.

나는 연말연시에 먹을 식재료를 간단히 사서 집에 가려 했는데, 매우 잘못된 생각이었다.

어디든 줄이 늘어서 있었다.

특히 스테이크 코너는 사람들이 장사진을 치고 있었다. 독일 사람들은 줄을 꽤 잘 선다.

스테이크용 고기 한 덩이, 오리고기, 파스타, 케이크.

특히 올해는 혼자니까 이 정도만 사면 나머지는 집에 있는 식재료로 충분히 해를 넘길 수 있다.

실은 빵도 사고 싶었지만 그쪽 역시 엄청나게 줄이 길어서 포기했다.

참, 케이크는 내가 현재 세계에서 가장 맛있다고 생각하는 키르쉬토르테를 살 수 있었다.

언제나 있는 건 아니므로 운이 좋았다.

그런데 "키르쉬토르테 하나 주세요" 했더니 가게 사람이 "이건 키르쉬토르테가 아니에요"라는 것이다.

독일에서 쓰는 정식 명칭은 슈바르츠밸더.

'검은 숲 체리케이크'라는 뜻이라고 한다.

친정집 근처에 있었던 제과점의 이 케이크가 맛있어서 자주 먹었다. 나한테는 추억의 맛이다.

두 개 남은 것 가운데 하나를 획득했다.

그런 다음 일단 집으로 돌아와 소고기와 오리고기에 소금과 후추로 밑간을 하고, 유리네에게 저녁밥을 준 뒤 오랜만에 외식을 하러 나갔다.

요즘 계속해서 내가 만든 음식을 먹었더니 역시 슬슬 질린다.

오늘을 놓치면 섣달그믐과 설날이 와서 다시 연휴가 된다.

오늘은 중화요리를 먹으러 갔다.

가게에 들어가서 예전에 집 근처 케이크가게에서 만났던 일본인 여성을 딱 마주쳤다.

유리네는 그분과 완전히 친해졌다.

맥주를 마시는 것 또한 오랜만이었다. 올해의 맥주 마무리를 하며 야키소바를 먹었다.

양이 많아서 절반은 포장해 내일 브런치로 먹기로 했다.

내일과 모레는 집을 대청소하고 새해를 기다려야지.[*]

여기까지 써놓고 '그렇구나, 일본은 벌써 30일이구나.' 하고 깨달았다.

시차 때문에 조금 이상해졌지만 어쩔 수 없다.

[*] 일본에는 연말에 집을 대청소하는 풍습이 있다.

크리스마스를 너무 조용히 보낸 데다 나흘 정도 연휴였기 때문에 나 혼자 완전히 새해 기분에 젖어 있었다.

하지만 잘 생각해보면 아직 2017년.

참, 오늘 베를린의 전통적인 크리스마스 풍습 이야기를 듣고 좀 놀랐다.

24일에는 아주 검소한 요리를 먹는다는데, 나오는 메뉴는 소시지와 감자 샐러드뿐이라고 한다.

그것만 우적우적 먹는 게 베를린식이라나.

그래서 크리스마스 전에 다들 감자가 엄청나게 많이 든 봉투를 들고 돌아다녔던 것이다.

역시 여기 식사의 기본은 감자구나.

호화로운 진수성찬을 먹는 날은 25일과 26일로, 그 이틀 동안은 낮부터 가족과 친척이 모여 칠면조 통구이 같은 걸 먹는 모양이다.

언젠가 본고장 가정의 크리스마스도 체험해보고 싶다.

오늘은 여기저기서 일본인을 만났는데, 그때마다 "새해 복 많이 받으세요." 하고 덕담을 주고받았다.

'외국에 있으니까 명절 음식은 아무것도 안 할 거야!'

라고 생각했지만, 역시 표고버섯조림과 무스비콘부*만은 만들까 싶어서 지금 물에 불리는 중이다.

　새해가 밝으면 곧 엄마 기일이다.

　'일 년 전에는 아직 살아 계셨구나' 하고 생각하면 숙연해진다.

　어쩌면 또 쓸 수도 있지만, 일단 새해 복 많이 받으세요!

　내년에도 잘 부탁드려요.

　내 인생 최고의 슈바르츠밸더 키르쉬토르테.

　케이크도 독일 사이즈라 엄청 커서 절반은 내일을 위해 남겨뒀다.

* 얇게 자른 다시마를 묶은 것. 조림이나 떡국 등에 넣는다.

순하고 부드러운 마음으로

번역가가 새로운 책 작업을 시작할 때 가장 먼저 옮기는 글은 아마도 원서 표지의 문구일 것이다. 그 문구가 한국어판에 쓰일지 안 쓰일지 그 단계에서는 알 수 없지만, 원서에 있는 모든 활자를 낱낱이 옮기는 것이 나의 일이므로 일단은 매번 성실히 번역한다.

이 책 원서의 뒤표지 문구는 다음과 같았다.

보름달 뜨는 밤에만 문을 여는 레스토랑에서 모닥불을 둘러싸고 달구경을 하고, 갑자기 마음이 동해 홀로 미사키항에 놀러 가는 '어른의 소풍'을 계획하기도 한다. 베를린에서는 어학원에 다니며 예습과 숙제에 쫓기고, 찰나 같은 휴일에는 동네 친구와 함께 뜨거운 와인을 한 손에 들고 크리스마스 마켓을 돌아다닌다. 자기 기분에 솔직하게, 하루하루를 자유롭게, 가장 자신다운 모습으로 살아가는 저자의 인기 일기 에세이.

물론 부러운 삶이지만, 일본의 편집자가 왜 본문에서 이런 모습만 뽑아냈는지도 알 것 같지만, 솔직히 말해 나에게는 확 끌리는 문구가 아니었다. '단짠단짠'이 아니라 '단단단단'으로만 채워진 요리 같기도 했고, 인스타그램에 전시된 유명인의 편집된 삶 같기도 했다.

다행히 그 감상은 첫 번째 일기에서 깨끗이 사라졌다. 작가의 1월은 어머니의 죽음으로 시작된다. 결코 사이가 좋지 않았던, 심지어 자식에게 폭력까지 가했던 어머니를 떠나보낸 뒤 작가는 "언젠가 엄마가 나를 낳아줬다는 사실 하나만으로 감사할 수 있는 사람이 되고 싶다"라고 썼다. 순하고 부드러운 마음이었다.

베를린과 도쿄에 거점을 두고 에스토니아와 라트비아를 여행하며, 가마쿠라에서도 임시로 살아보는 삶은 분명 근사해 보인다. 그러나 그 사이사이를 채우는 일상의 모습들, 예컨대 도수 치료를 받고 도널드 트럼프에 분노하고 반려견을 산책시키고 된장을 담그는 것은 실은 우리의 생활과 크게 다르지 않다. 그 잔잔한 생활 속에서 저자는 연분홍빛 하늘을 보고 "아, 예쁘다." 하고 감탄한다. 보름달이, 겨울 하늘이, 단풍이 아름답다고 묘사한다. 나는 그런 대목을 옮기는 게 좋았다. 어머니를 보낸 후에 "연말연시의 후지산은 아름다웠다." 하고 쓰는 마음을 짐작해보는 게 좋았다.

글에서 적극적으로 드러내지는 않았지만 타향살이의 불편함이나 창작의 스트레스도 분명 컸을 것이다. 하지만 그럼에도 불구하고 '예쁘다, 아름답다, 좋았다'라는 단어를 참 많이 쓴 이 일기들을 보니,『츠바키 문구점』이나『반짝반짝 공화국』,『마리카의 장갑』등의 작품이 왜 그리도 맑고 고운지 이해가 되었다.

일상적인 순간들을 각별한 행복으로 받아들이고 글로 옮겨두는 마음. 이 책을 번역하는 건 그런 마음에 나도 잠시 물들어보는 시간이었다. 읽는 분들께도 그런 마음이

두둥실 천국 같은

잠깐이나마 전염된다면, 옮긴이로서 그보다 더 큰 보람은
없을 것이다.

2022년 8월

이지수

두둥실 천국 같은

초판 1쇄 인쇄 2022년 12월 1일
초판 1쇄 발행 2022년 12월 15일

지은이 오가와 이토
옮긴이 이지수
펴낸이 하인숙

기획총괄 김현종
책임편집 김종숙
디자인 김정연
일러스트 Yoshino

펴낸곳 더블북
출판등록 2009년 4월 13일 제2022-000052호
주소 서울시 양천구 목동서로 77 현대월드타워 1713호
전화 02-2061-0765 팩스 02-2061-0766
블로그 https://blog.naver.com/doublebook
인스타그램 @doublebook_pub
포스트 post.naver.com/doublebook
페이스북 www.facebook.com/doublebook1
이메일 doublebook@naver.com